出版说明

本丛书初版于上世纪九十年代，深受广大读者喜爱。今年适逢上海文艺出版社建社六十周年，我们重新整理出版这套丛书，奉献给新一代的读者。

本丛书以某一作家某一题材的作品为角度进行编选，选入其最优秀的作品。作品以短篇小说为主，适当也选收一点中篇小说。

本丛书分别约请国内对该作家有研究的专家编选，并撰写序言。

上海文艺出版社

2012年1月

目　录

第三辑　英雄三章

序

陈思和

亲爱的读者，这里奉献在你们面前的是一本作家专题作品集：巴金域外小说集。巴金是中国20世纪文学史上最重要的作家之一，他的代表作《灭亡》、《家》、《憩园》、《寒夜》以及《随想录》等，早就因为脍炙人口，而熔铸在中国新文学的传统之中，成为当代中国人民精神财富的一个组成部分——所有这一切都毋须再作介绍。然而当你们打开这一本小书的时候一定会感到意外的惊奇，原来巴金还写过那么多凄楚动人的短篇小说。虽然这些作品曾经被收入《巴金文集》和《巴金全集》，但是当它们置列在那许多煌煌巨著的后面，总是像乔木边上的奇花异草，尽管精致、玲珑、奇异，却难以引起人们更多的注意。现在把这一类作品单独编成一本专集出版，不但可以让我们重新认识巴金早期小说风格，更重要的是我们将在这些作品中认识新文学史上的一株奇葩——域外题材的形成及其贡献给文学史的特殊意义。

域外题材是中国20世纪文学特有的品种。中国古典文学中也有过关于域外的描写——如《西游记》、《镜花缘》、《三宝太监下西洋》以及《聊斋》中的一些故事里，已经多少写到一些域外的人情风土，但那时中国人的心目中，自己居住的是海内，为天下的中心，而四海之外皆认为蛮荒之地，想象的成分多于实地考察，所以出现在小说里的域外，要么神化，要么妖化，总是当作海外奇谈，并不给以认真的对待。严格些说，域外题材的文学创作，是在中国的大门被列强用枪炮打开以后，才渐渐出现的。

五四新文学运动最初是由大批留日或留美的学生发起的，他们是中国第二代自觉向西方学习真理，并真正努力将西方文明作为样板来改造中国的知识分子，但他们与第一代（从洋务运动到严复的翻译）学习西方的知识分子又不同，他们一开始就没有参与政治的机会。中国当时正处于推翻帝制的头几年，人民还不适应民主共和国的政治生活，真正的民主思想远没有深入人心，反而造就了一批重兵在握的军阀轮流坐庄，战争连年遍地，统治者根本无暇顾及对意识形态的控制。因此当这一代知识分子开始策划改造中国良方时，他们的背后没有一个强有力的政治实体支持，他们的前景中也没有一个辉煌的仕途诱惑，他们前不见古人，后不见来者，单凭在外亲身体验到的一种政治经验和借助西方学术著作打开了的文化视界独立地闯入历史舞台。凭着知识的力量，他们办刊物，写文章，站讲台，用各种方式传播新思想，新学说，新知识，终于激起了思想文化界的一场巨变。知识分子不依赖于政治权力，破天荒地掀起了一场成为现代中国历史新纪元的文化运动，那就是五四新文化运动。他们在这场运动中最光辉的实绩，就是创造出崭新的文学传统——五四新文学。

由于这批知识分子是带着留学生的文化背景来创造新文学的，所以他们的创作中不能不融入自己在外国生活与求学的经验，因为这段生活经验是他们萌生新思想、接受新文化、完成人生道路转折的最重要的时刻——他们在新文学初期很快实现了个人的功名成就以后都不约而同地肯定了这一点。这最初表现在他们的文学回忆录中，如鲁迅《朝花夕拾》中的几个片断，郭沫若的《创造十年》，胡适的《逼上梁山》等等，而真正把异域留学生活转化为艺术审美手段表达出来的，有郁达夫的小说，周作人的散文小品，闻一多的留美诗抄，王独清的留法诗抄，蒋光慈的留苏诗抄以及徐志摩关于剑桥的诗，这些作品大约构成了域外题材文学的第一乐章——早期的留学生文学。这类作品大都以个人生活经验为中心,用文学的形式写下海外学子对祖国或对西方文明的各种看法。留学生文学是域外题材文学的雏形和早期阶段,因为它所描写的主人公还仅仅是以异域为地理背景来展开活动的中国人,他们始终是所在地的客卿,没有也不可能深入地观察、了解世界各国人民的生活方式与思想观念,也没有能够真实地艺术地描写出西方文化传统与中国文化传统的撞击和交流。

而完成这两大任务,并且使域外题材摆脱留学生的视界和游记体裁,成为一种独立的文学创作领域的,是两个在20年代末崛起的青年作家:巴金和老舍。巴金是留法学生,他最初用浪漫而凄美的笔调写下了一篇又一篇域外题材的短篇小说,表达出对西方文明匠心独具的艺术体验;而老舍,则在英国教书期间创作了著名的《二马》,第一次用诙谐的笔调写出了中西文化的比较与国民性的批判。至于对东方各国异域的文学描写,诞生时间似乎更加早一些,这有许地山的宗教小说作为标志。

我认为域外题材的创作成为新文学的一个独立领域,有以下几个特征:第一,它摆脱了回忆录、游记或报道采访式的体裁,而成为纯粹的文学创作;第二,它摆脱了以写个人留学生活为主的故事,直接观察和描摹外国人的生活形态(留学生文学是写中国人在异域的故事，域外文学则以写外国人的故事为主，但也不排除中国人的出现）；第三，它能够写出域外的文化民俗和风土人情，而不是把中国人的故事搬到域外背景去写。在这个意义上说，巴金的域外小说最为完美，无论在数量上还是质量上，在新文学的域外创作中都是堪称一流的。我编选的这本《域外小说》并不是他的全部域外小说，但收入的各篇作品，从各个侧面反映了当时域外题材的最高水平。

巴金是1927年初到法国巴黎去的，最初打算去那里攻读经济学，但到了法国不久，老家传来破产的消息，家里无法提供他学费，此时，他的肺结核病又一次加重，他不得不搬到巴黎附近的小镇沙多—吉里，边养病边读法文，这是一段很安静很美丽的生活，在那里他完成了处女作《灭亡》的写作，并译完了克鲁泡特金的学术名著《伦理学的起源和发展》的第一部。沙多—吉里的生活给巴金留下了很深的印象，他以后写的域外题材小说中，有许多都是以这个小城为背景的。

巴金的第一本短篇小说集《复仇》，几乎都是域外小说，他后来这样解释自己的创作："我写文章，尤其是写短篇小说的时候，我只感到一种热情要发泄出来，一种悲哀要倾吐出来。我没有时间想到我应该采用什么样的形式。我是为了申诉，为了纪念才拿笔写小说的。《复仇》集中的十五篇小说里，差不多每篇都有一个我的朋友，都保留着我过去生活里的一个纪念。今天我翻读这本书，还会产生一种温情，一种激动或者一种忘我的境界。”巴金的这段解释告诉我们，在这些浪漫精巧的故事背后，都有一段生活的真情所在，绝不是凭想象编造的。但从我们今天所能获得的材料来分析，这本集子里只有少数的篇什（如《复仇》、《亚丽安娜》、《墓园》等）找得到生活的原型，其他作品的真实性则很难说。这一点并不重要，艺术创作本来就是毋须隐讳想象，换句话说，没有想象就没有艺术。即使《复仇》集里的那些小说是完全靠作家想象来编造的，也同样无损于这些作品的艺术力量。因为作家在这些故事里投入了两种真实，一种是生活背景的真实，无论是月光下的巴黎圣母院，马赛海滨的美景旅社、大街和电影院，还是沙多—吉里的小镇，学校、花店、墓园，作家都以饱满的感情作了细腻生动的描绘，这描绘是一种回忆，又是一种主体情感的倾诉，所以文字里充满了亲切感。还有一种是作家主观情绪的真实，他在小说里寄托了人类的各种各样的悲哀：失去了青春、生命、活动、爱情的悲哀。他认为这种悲哀是人类所共同的悲哀，虽然写的是异国青年男女的故事，但这些痛苦都是中国青年所能相通的。很显然，巴金是把主观的创作感情普遍化了，他力图通过对异域人民生活和情感的描写，揭示出一种人类共同的典型情绪。他不是要中国读者在小说中了解一种完全陌生化的文化环境,而是努力使人们相信,地球村上的居民面临的是同样的命运、悲哀和追求。人与人之间虽然有国别的区分,但他们彼此的心是应该靠拢的、沟通的。

正是怀了这样的创作目的,巴金的域外小说完全洗去了异国情调笼罩下的传奇色彩,他紧紧抓住人物的灵魂,揭示出简单现象下的复杂心灵。举一个例子,本书第一辑“爱情悲剧”所收的五篇小说,除最后一篇不计外,前面四篇爱情故事都是以悲剧为终结,但人物所表现的精神面貌完全不同,像《父与女》揭示的父爱与性爱的冲突,《好人》里揭示畸形爱情导致的惊心动魄的自私,《爱的摧残》里对爱的选择与感知,读后都不能不迫使人们在震惊中自省,因为作家所触动的某些罪恶感,与人性的普遍弱点都有关联。

巴金在法国期间是他人格力量最为高扬,理想与实践最为和谐的时期,他当时正怀了坚定的信仰从事着社会革命,法国又是各国革命流亡者的聚集之地,他在那儿不但见到了仰慕已久的社会革命家格拉佛、柏克曼等人,还投入了营救两个被美国政府判处死刑的工人领袖萨珂、凡宰特的世界性活动和营救西班牙革命流亡者杜鲁底等人的活动,这些活动在他的小说里也有过生动的反映。限于篇幅,我无法将这些作品(如《我底眼泪》、《电椅》、《亡命》等)

都收入本集。只在第二辑“欧洲风情”里收了《复仇》和《亚丽安娜》两篇,前者是写犹太人席瓦次巴德暗杀反犹组织头目的故事,后者是写波兰女革命者的流亡和爱情生活,都是以真实事件为原型的,由此也可看到巴金年轻时代的生活侧影。另外,这一辑中的《墓园》写了欧洲人民反战的情绪,《狮子》写了贫困青年对社会的憎恨以及被压抑的愤怒,《马赛的夜》写了作者在马赛的见闻,都能比较广阔地反映欧洲在第一次世界大战后的社会真实面貌与人生风情。唯《哑了的三角琴》是写俄国监狱中囚犯对自由的向往,在简单的故事情节背后寄寓了深厚的人性力量。

俄国大革命与法国大革命都是巴金心向往之的历史事件,巴金在法国期间曾经化过大量的时间去研究这两次大革命,搜集了许多资料。他研究俄国革命历史的直接成果是写下了一本《俄国社会运动史话》,并且以民粹派活动为背景创作了中篇小说《利娜》。他研究法国大革命历史以后便写下了三篇系列小说,分别以大革命时期的三个领袖为主人公,写出了他们的伟大与悲哀。这就是本书第三辑“英雄三章”所收的三篇小说,巴金对大革命三个领袖的态度是不同的,他对马拉是赞美的,对丹东是同情的,而对罗伯斯庇尔依靠专政与暴力来维护其统治则充满了讽刺。这对罗伯斯庇尔也许不很公平,可能是作家身处恐怖的环境下借古讽今,不能不委屈这位雅各宾党的铁腕人物，也可能是小说体现了作家一贯的政治思想：革命胜利后应该把政权真正归于人民，不允许统治者借用人民的名义来施行暴政，反过来镇压人民。从这个意义上说，他对罗伯斯庇尔的讽喻充满了历史感。

巴金的域外小说基本上是以法国为背景的，但也有少数几篇写到日本。那是他在1934年底东渡日本住了近十个月的生活积累，他分别写下了《神》、《鬼》、《人》三篇一组系列小说。前篇揭示了日本知识分子屈服于现实邪恶势力以后的痛苦、逃避和自我麻醉的心理，风格由浓郁凄艳的浪漫主义转向近于自然的现实主义。第二篇也是写爱情悲剧，但小说中人物的矛盾冲突、内心痛苦以及行为方式，都是日本风味的，与法国青年的爱情故事截然不一样。第三篇是写作者本人在日本的一次被拘留的经历。本书选了第二篇《鬼》，放入第一辑“爱情悲剧”中，读者可以从比较中领略巴金丰富多变的艺术手段。

我们从这些作品中可以看到，巴金相当成功地写出了外国的生活，同时又从外国人的感情世界中窥探到人类共同的感情，这是巴金域外小说的最重要的特点。他几乎没有去采撷东西方文化撞击而生的火花，也没有对两种文化的优劣去作价值判断，而老舍的《二马》，则在另一个角度填补了这一课题——这不是本文论述的范围以内,暂且不去说它。

域外小说的出现,反映了五四时代中国作家的新视界,不但扩大了文学表现的新空间,也沟通了人们的感情世界,使人与人之间的距离更加近了。所以在巴金、老舍以后,这类题材的创作仍然陆陆续续地出现。但时代的不同要求、作家知识结构的变化,使这一题材没有得到充分的发展。40 年代徐讦的传奇小说,50 年代鄂华的政治小说,虽然从两个不同侧面扩大了域外小说的读者面,但由于作家自身的局限,在域外题材内涵上并未得到更为丰富的开掘。近年来随着出国潮的掀起,新兴的留学生文学似乎又成为一种待起的潮汛而焕发出域外题材的魅力,我希望它会健康、深入地发展下去,逐渐地形成域外题材创作的新生代。愿这本小说集的出版是一个好兆头——在重温五四时代域外小说的辉煌中,激发起今天的创作热情。

亲爱的读者,我希望你们读完这本小说集以后能够说出这样一句话:“今天的世界是人类共同的世界,我们——我,你们,他们——所面对的不是一个国家,一个民族,而是整个的人类。”

第一辑　爱情悲剧

洛伯尔先生

你的倩影在田畔出现时，
星儿收敛了它的光芒，
夜莺停止了它的歌唱，
月儿羞惭地遮了面庞，
羞见你那娇美的模样。

你好像穿着金色衣裳，
你好像沐着圣洁的光，
你走一步啊，
紫罗兰的香雾便在你四周荡漾。
在这时候啊，

我真是快乐无疆！

月儿再露出她的面庞时，
正照见我送你回到你的家门。
我的眼里还留着你的倩影，
你的接吻还在燃烧我的嘴唇，
我忘记了归途的寂寞冷静。

我呆呆望着天，
天使我记起你的面容，
我呆呆望着海，
海使我想起你的爱情。
可是天啊，不及你的面容清，
海啊，它也没有你的爱情深！
……

正是在傍晚时分，洛伯尔先生又唱起他的歌来了。

自从我知道洛伯尔先生以后，这首歌我不知道听见了多少次。不仅是我，恐怕附近一带的居民也是如此吧。

老实说，洛伯尔先生是不会唱歌的，他的颤抖的、枯涩的低音很难听。听见他唱歌的人总要嘲笑他。

“洛伯尔先生，你唱得真动人啊！你把我女儿的心都引动了。”有的男子说。

“洛伯尔先生，你再要唱下去，我可要抛了我的丈夫，跟你跑了。”有的妇人说。

然而洛伯尔先生只是颤巍巍地摇头叹息道：“我老了，老了！”于是人们大笑起来。

洛伯尔先生的确老了。他至少有五十岁。头上只有寥寥几根灰白发，一脸都是皱纹，两颊陷了进去，背也驼了。可是两只眼睛还射出光来，好像里面有一种不可扑灭的火焰一样。

他没有家，没有亲戚，也没有朋友。他住在我们学校对面的一个人家，他租了一间小屋。白天我们很少看见他出外。每天傍晚他照例要在学校后面的河畔田边散步。

我的家就在河畔。我们还有一块小菜园，平日吃过晚饭后我总要跟着妈妈在菜园里工作。我的父亲在一年前死了。

这个时候我看见洛伯尔先生扶着手杖走过，他照例给我们道个“晚安”，又向前走了。不出几分钟，洛伯尔先生就走过桥，在对岸白杨树下一块大青石上面坐下，唱起他的永远忘不了的歌。

你的倩影在田畔出现时……

“妈妈，你听，那个讨厌的洛伯尔先生又在唱歌了。”我向母亲大声说。不知道为什么我很讨厌洛伯尔先生。他对我很好。可是我反而更加讨厌他。他有时候给我道“晚安”，我理也不理他。我不喜欢他，大概因为这首歌的缘故。一则，他唱得那么难听；二则，他在那样的年纪不配唱这首歌。我想，像他这样的人居然还有女人爱他，那比我们前任校长的妻子跟着学监逃走的事情奇怪得多了。

“雅克，你为什么这样不高兴洛伯尔先生？他是个很可怜的老人。”母亲常常替他辩护。

“妈妈，你听，他唱得这么难听，这个老流氓，真不害羞！”我不高兴地争辩说。

母亲突然放下了浇水器，走到我的身边，紧紧地握着我的手。“孩子，亲爱的，答应我不要骂人。你还年轻，不懂得世间的事。你要相信妈妈的话，洛伯尔先生是一个很可怜的人……”我觉得母亲的声音有点古怪，我抬起头望她的脸，她的眼泪正落下来，落在我的脸上。母亲哭了。我紧紧地抱住她的身子，着急地说：“妈妈，你哭了，为什么？”

母亲也紧紧地抱住我，默默地过了一会儿，才慢慢地说："我想起了你的爸爸。"停了片刻，她又说："雅克，亲爱的，答应我，你要做一个好人。"

"妈，我答应你。"我不假思索地说出来，同时对母亲感到无限的亲爱。

母亲放了手，说："洛伯尔先生的歌声里有眼泪啊。"她又去拿浇水器了。可是她好像还有什么话没有说出来似的。我想也许她要说洛伯尔先生有神经病罢。

这个晚上母亲照应我睡下以后，忽然流下眼泪紧紧地抱住我，吻我的脸。她接连地问："雅克，你爱你的妈妈吗？说，是不是？"

"妈妈，我爱你，我只爱你一个人。"

"你说，以后不管发生什么事，不管你听见什么关于妈妈的话，你依旧像现在这样爱你的妈妈吗？是不是？"

"是，无论如何我总是爱你的。"

母亲在这个晚上有点精神失常的样子，但是第二天她又跟平日一样了。

日子依旧照常平淡地过去，洛伯尔先生依旧照常唱他的"你的倩影在田畔出现时"的歌。

别人依旧嘲笑他，可是我答应了母亲不再骂他"讨厌"了。而且我学会了他的歌。不知道为什么在母亲面前我不敢唱这首歌，可是背开了母亲我就常常学着洛伯尔先生的调子唱起来，我自以为唱得比他好。

我很骄傲自己比洛伯尔先生唱得好，因此总想找个机会唱给他听听，使他羞愧。可是他白天不出外，傍晚我要跟母亲在菜园里工作。

有一天放学早一点，我一个人跑到洛伯尔先生的窗下唱起这首歌来，因为他住的屋子是面着街的。我刚唱了三句，洛伯尔先生便在楼上打开窗户，伸出他的头。他的脸上带着一种惊讶而忧郁的表情。

我一看见他的头，连忙跑开了，一路上还高兴地大声唱下去。

“雅克，好孩子，这里来。”他的颤抖的声音在我的后面追来。这声音似乎有点凄惨。我几乎要站住，但是我终于走开了。自己心里很满意，只是不敢让母亲知道。

这以后洛伯尔先生对待我似乎更加和善。我也渐渐不觉得他讨厌了，他虽然照常坐在青石上唱歌，但是我也不觉得歌声难听了。他在河那边唱歌的时候，我也在河这边暗暗地和着。

这时正是初夏。白杨树叶随着晚风颤动。空气里充满着麦子和草的香气。太阳已经落了下去，夜还没有来。河畔的草昂着头等待夜的来临。天色已经渐渐黯淡了。但是坐在青石上的洛伯尔先生的轮廓还看得分明。他在这一幅黄昏的图画里显得很美丽。他忘记了自己似地唱着歌,好像歌中人就在旁边静听一般。忽然平静的水面被扰乱了,一只小船从后面流过来。船里有一对青年男女。男子摇着桨,女子坐在对面。她的清脆的笑声把洛伯尔先生的歌声打断了。

“你的接吻还在燃烧我的嘴唇。”男子带笑地大声唱起来。

女子忽然止住笑向男子扑过去,男子放下桨抱住她的身子。船缓缓地流过去了。我再往对岸看,洛伯尔先生已经不见了,我奇怪这一晚他为什么回去得早一些。

某一天傍晚忽然出了一件不寻常的事:洛伯尔先生的歌声听不见了;对岸青石上也没有他的影子。

“妈妈,怎么洛伯尔先生今晚不来呢?”我挂念地说。

“他大概有事情罢。”母亲不在意地说。

第二天晚上又不见洛伯尔先生来。

“妈妈,洛伯尔先生今晚又不来了。”

“他大概有事情罢。”她过了一会儿又说,“他该不会生病罢。”接着她又反驳似地说道:“不会的,他明天晚上一定来。”她露出很关心的样子。

这两天母亲的心里好像有什么重大的事情。可是第三天傍晚又不见洛伯尔先生的影子。

“一定发生了什么不寻常的事情。”母亲自语道。我们依旧忙着工作。

忽然母亲拉住我的手，急急地说：“雅克，你去看看洛伯尔先生，他一定病了。”

我也不问什么，就听从母亲的话，走出菜园，向洛伯尔先生家去了。母亲还在后面嘱咐：“你要早些回来。”

天黑了。路灯也燃起了。我踏着路旁的软草，转过学校的背后，走到洛伯尔先生的家。好奇心鼓舞着我，我走得很快，我好像在奉行重大的使命一般，所以路上遇见老学监的时候，也几乎忘记行礼道“晚安”了。

洛伯尔先生的房间我是知道的。我匆匆地走上了楼，走到他的门前，在门上轻轻地敲了两下，没有应声，便又重重地敲了两下。

“进来。”从里面传出来这个微弱的声音，我听得出是洛伯尔先生的声音，便推开门进去。

在电灯光下我看见洛伯尔先生躺在床上。他见我进来，抬起头惊奇地望了我一眼，说：“孩子，你来了。好，我知道你要来的。有三天不看见你了……没有什么，不过……不过身体有点不舒服。"这些话差不多是一口气说出来的，他说了，又倒下去，好像力竭了似的。人更瘦了，但是眼里还有光，脸色是红红的，嘴上带着笑容。大概他喜欢我来看他罢，我想。

"洛伯尔先生，你病了，不要紧罢，我们三天没有看见你了，很挂念的。"这些话都是从我的心里吐出来的，我差不多快流眼泪了。

他叫我坐在床前一把椅子上。他伸出两只瘦得只有皮包骨的手把我的左手握着，露出感激的样子，一面说："好孩子，谢谢你的好心，愿上帝保佑你。我睡在这里，没有一个亲人，一个朋友，只有房东有时还来照应照应。你是我的唯一的朋友了。"他放开我的手，歇了一会儿忽然又叹息地自语道："青春真可爱啊！真美丽啊！……我老了，老了。"

"洛伯尔先生，你明天就出去散步罢，这几天天气很好。"我找不出别的话来说。

"青春真美丽啊!"他又重复说了一句，然后翻了翻身，再握着我的左手，安慰地说，"你觉得在这里没有趣味吗?"他停了片刻，忽然下了决心似地说："好，我给你讲个故事罢。"但是他的嘴又闭上了。

他放了我的手，闭上眼睛思索了一会儿，忽然睁开双眼，像从梦中醒过来似地望着我，一面慢慢地讲起故事来：

“从前在某一个城里有一个不出名的音乐师。他是孤零零的一个人，没有家庭，虽然还不到四十岁，就已经显得很衰老了。离他的家不远，有一所卖花店，他到中学里去教音乐，总要从那里经过。

“卖花店的主人是一个老太婆。她有一个女儿，那时还不到二十岁。她的相貌算不得十分美丽，但是她有一对非常可爱的眼睛。音乐师每次经过卖花店总看见她立在门前。他们起初只打招呼，道一个‘日安’，后来他便时常进她的店里买花。在那个少女的天真无邪的心中也许没有什么，可是音乐师却爱她快要到发狂的程度了。他设法引诱她，跟她谈爱情，时常同她一道去跳舞散步。他在她的身上花了许多钱，可是并不曾买到她的爱。因为少女说他老了。但是后来有一天他居然骗着少女同他干了一次犯罪的事。以后少女就答应嫁给他，虽然她并不爱他。”

他说到这里，便停住了，过了一刻，才慢慢地继续说下去：

“可是她的母亲知道了这件事。一定不许她嫁给音乐师。音乐师却得到了少女的同意：两人秘密结婚，然后一起逃到别处去。音乐师把一切都准备好了。然而到了约定的时间，少女却失了信，也许是她的母亲知道了这个计划，阻止了她。音乐师一个人走了。

“他在外面飘泊了一些时候，然而无论到什么地方他总不能够忘记那个女子，他总不能够消灭他对她的爱情。过了一年，他便回到故乡，可是少女已经不在那里。据说她嫁了人，而且生了儿子了。这个孩子其实是音乐师的儿子，只有音乐师和少女知道。

“因为这件事，音乐师感觉到自己对少女犯了一件大罪。他始终爱她。他决心去找寻她，求她的宽恕。从那个时候起他又离开了故乡，带着痛苦和悔恨，走遍了整个法国，到处去找寻她的踪迹，可是连一点影子也没有找到。最后他便飘流到我们这个城里来。他已经是又老、又弱、又苦的人了。他的神经受了大的刺激也失了常态。他不能够再动身到别处去找她了。他知道，他在世的时间是不会久的了。

“他知道她到死还会恨他，所以他想在未死之前见她一面，跪在她的面前求她的宽恕，或者见着他的儿子，也求他的饶恕，以便放下他背上那个痛苦的十字架，那么他将来也可以安心地死去。

“他一天一天地唱着他从前为她做的那首歌，希望它会把她招回来。可是他的努力也没有用。上帝的责罚太严酷了。”

他愈说，话愈急，好像害怕谁阻止他说下去似的。他的眼睛里射出强烈的火焰，这里面燃烧着痛苦与悔恨。他接连地喘气。

“上帝啊，你的责罚太严酷了！”他忽然撑起半个身子叫道。

一阵恐怖的感觉抓住了我。我不禁大声问：“那个音乐师是谁?”

“他现在就要死了……你还不明白吗?”他狞笑道,“玛丽—波尔啊!……”

“你说什么?”血在我的全身沸腾,我的身子战抖起来,我疯狂地问。

“玛丽—波尔……那个少女的名字。”他昏迷地说,眼光开始散乱了。

天呀!

“玛丽—波尔?……那么你的儿子,不……她的儿子今年不是十四岁吗?”我希望他回答我不是。

可是他已经倒在床上说不出话来了。

我疯狂地摇撼他的身子,他的头,一面大声问:“你说,是不是十四岁?快说!”

他被我摇了好久,忽然睁开眼睛,痛苦地看了我一眼,点了点头,便把眼睛闭上了。这一次是永远地闭上了。

我伏倒在他的身上,大声地哭起来……

你可曾听见河上的歌声?

它是多么温柔,多么动人!

……

几个年轻人唱着《印度支那的夜》的流行歌曲在窗下走过去了。

1930 年

父 与 女

八月八日

父亲回来时已经十点钟了。外面正落着雨。

灰白色头发上的雨珠在黯淡的灯光下面抖着。他的脸显得更苍白了。我给他脱去了湿衣，他颓然地倒在沙发上，开始喘息起来。

我知道他从什么地方来。我想跟他说话，但是我怕开口。

“不行了，我现在更老了！”终于是他先打破沉寂。这个枯涩的、微弱的声音一声声打进了我的心坎。

不错，自从母亲死后，不过几个月的工夫，父亲就显得更衰老了。面容枯瘦而苍白，背微驼，步履迟缓，并且时时喘息。

我看见他一天一天被悲哀蚕蚀，我的心好像被什么咬着似地痛得厉害。在失掉了人生只能有一个的母亲之后，父亲便是更可宝贵的了。我好比一块肉，寄生在他的身上，我是离不开他的。可是他却一天一天地瘦下去了。

母亲死去以后，我就不曾看见父亲的笑容。除了在公司服务的时间外，他总是枯坐在家里独自流泪，有时候也同我到母亲的墓地去。在母亲的墓前，他跟我谈起母亲生前的种种事情。他不曾流泪，但是他常常叹息地说：

“你还不能够知道她是多么的好，多么的好！”

我望着母亲的墓碑，她的慈祥的面容立刻出现在我的眼前。我能够用什么来回答父亲呢？……我的唯一的思想就是把我的爱全部献给他。我愿意爱他，至死也爱他，像母亲那样地爱他。

然而我的这种思想，他似乎不了解。他这几天来好像跟我疏远了。他一个人在母亲的墓地上徘徊，往往迟到深夜，让我留在家里等他。他回来的时候总是非常萎顿，倒在沙发上面喘息。我劝他，我的话总是没有用。

今天晚上他又回来得这样迟，外面正落着雨。

我给他弄了一杯咖啡，放在他身边的小桌上。我坐回在椅子上，不说一句话，带着责备的眼光看他。

我看见他的战抖的手端起杯子。他喝了几口咖啡，便又喘息起来。我的心痛着。

他放下杯子，一手抚着胸膛，口里喃喃地说："鲁易丝，鲁易丝。"这是母亲的名字。

"父亲。"我忍不住迸出了这哭声，"你一点也不爱我吗？"

他吃惊地睁开了眼睛，似乎不懂这句话。

我走过去，伏在他的身上，双手挽住他的颈项，哀求地说："父亲……你难道不知道我怎样地爱你吗？……你为什么要这样地摧残你的身体？……你真是什么也不爱，什么也不留恋了？……告诉我，我不可以代替母亲来爱你吗？"

他不回答一句话，只是把头俯下来，让我吻他的胡须丛生的嘴唇。他的手伸过来紧紧地抱着我的身子。

外面依旧落着大雨，可是我心里很快乐。

八月十二日

这两天父亲的心情改变了一点，昨天晚上我们同到公园去玩，他好像很愉快。他并不曾提起母亲的事。他向我畅谈他年轻时候的东方旅行。

斜阳挂在树梢，东方的一角天空中已经露出了半圆月的无光辉的面庞。我们坐在喷水池畔的石凳上。我靠在父亲的身边。晚风吹动我的发鬈。我望着水面上自己的面影。我快乐。我对着自己微笑。我觉得只要有父亲在,我绝不是孤独的。

我掉过头来,正望着父亲的眼睛,在那里面我看出一种爱的表情,这是我以前不曾注意到的。我含笑地看着他。他的整个身子微微地颤动着,脸上发出一种柔和的光。我明白他是在笑,这是心灵的笑。自从母亲去世以来,我看见他的笑容,这是第一次。

"酿莱,要是没有你,我恐怕我不能够活下去了。"他的眼里闪耀着几颗泪珠。

晚上父亲的微弱的呼吸从开着的门传到我的房里来的时候,我正跪在母亲的遗像前祷告。我说:

"母亲,我已经把父亲救活了。但是请你帮助我不要再失掉他。"

八月十七日

一切都是安静而和平。在父亲的心里生机渐渐地多起来了。我相信我能够使他恢复从前的样子。

他今天又谈起母亲的事。但是他不再悲哀了。他只是用了一些尊敬亲爱的话来形容她。他说他仍然不能够忘记她,不过他不再去想她了。

我希望他永远如此。

八月二十四日

晚饭后我们沿着玛伦河散步，走进一带桦树林。太阳早落下山了，夜色已经降临。几只小鸟在树上叫，战抖的桦树叶不住地发出飒飒的声音。六七株砍掉的大树倒在地上，剩下的树桩上还留着白色的新伤痕。一株倒下的大树横在前面拦住我们的去路。我们退后几步，找到旁边的一条小路绕过去，长得高高的芦苇遮住了我们的视线。我在前面走，忽然看见前面的芦苇向后倒卧，地上的泥土又软又湿，不多远就有一片水阻了我们的去路。我们不能再前进了。

“水，我们只有转身了。”我说。

“好，时间也不早了，就回去罢。”父亲说罢便掉转身子，走向归途。我跟在他的后面。

忽地里后面芦苇丛中起了扑的一声，周围似乎都震动了。一只水鸟飞了起来，等我转过头去看时，它已经飞远了。

黄昏的空气在我们的周围织成了串串的花圈。山啦，水啦，树啦，都带上了一层神秘的朦胧的颜色，在我们的眼前渐渐地隐去了，只剩下了模糊的轮廓，好像梦中的幻景一般。黑暗不住地包围过来。桦树叶因了晚风抖得更厉害了，飒飒的声音时断时续，好像有人在后面追踪着我们似的。父亲的背影也看不清楚了，我只听见他的呼吸和脚步声。我们摸索地走。我的心里起了莫名的恐怖。

“父亲。”我叫他。

“什么？”我的带恐怖的声音使他吃惊，他问道，我觉得他回过头来看我了。

“我害怕。”我的声音抖着。

“不要紧，父亲在这里。”他的温软的手伸过来把我拉近他的身边。我的身子靠着他，我们并肩走着。我觉得我好像是父亲身边的一个小女孩。

回到家里，父亲好像很兴奋。他告诉我他要开始写他的东方旅行记，这一定是一部伟大的著作。

他又跟我谈起孔德①。他说，孔德说过人一生离不掉女人，幼年时他需要母亲，壮年时需要妻子，老年时需要女儿。我不知道孔德是什么样的人，他所要建立的女人崇拜教是什么一回事，但是我

---

① 阿·孔德（A. Comte，1798—1857）：法国哲学家。主张所谓实证主义，晚年想建立女人崇拜教。

喜欢他说过了这样的话。

我为孔德祝福，他说得不错：人一生是离不开女人的。老年人需要一个女儿。我的父亲也需要我。我不能够离开他。

八月二十八日

父亲已经开始写他的东方旅行记了。他这几天生活得很有秩序，很愉快。他白天到公司办事，夜里写旅行记，黄昏时伴着我出去散步。

他不谈起母亲了。昨晚他对我说我很像母亲。我听了很高兴，我希望我能够像母亲，能够使他忘记母亲。

九月十四日

约赛夫从巴黎来信，说明天到这里。他要来看我。我早已把他忘记了。他的信又使我记起过去的一切。我希望他不要来。我把这个消息告诉父亲。父亲没有说什么话。

我早已把过去埋葬了。我愿意和父亲同过和平的生活。然而约赛夫一来，就会给我挖开过去的坟墓。我怕，我怕他来扰乱我们的安宁。但是我不能拒绝他。我只有希望他不来。

父亲安静地睡了，他的均匀的呼吸使我不能够闭眼。我暗中祷告不要有人来惊破他的好梦。

母亲啊，请保护我，使我有力量拒绝约赛夫的诱惑。

九月十六日

父亲还是照常安静地工作，旅行记已经写了不少。

约赛夫并不曾来，我想他也许不来了。我们没有谈他，我差不多把他忘记了。

父亲好像也高兴约赛夫不来。

九月十八日

约赛夫来了，出乎我们的意料之外。他的态度很好，对父亲也很客气，父亲似乎满意他。我跟他没有谈几句话。我对他颇冷淡，我想这样或者可以使他忘记从前的事。

他也没有说什么，临去时他说明天还要来。他现在住在他婶母的家里。

父亲睡了。我又跪在母亲的遗像前祷告。我希望她帮助我来抵抗约赛夫。

九月二十五日

约赛夫时常来。但是我们的生活还没有起什么变化。他似乎把我们过去的关系忘记了。我愿意他能够永远如此。

父亲的工作进行得很顺利,他的旅行记已写成了一小半。他常常欣慰地对我说:“再过两个月我的著作就完成了。”我也很高兴。我一定要鼓励他,帮助他完成这个工作。我想我能够做到这样。

约赛夫读他的原稿,时常给他以好的批评,他很满意。近来他们两人谈话的时间很多。

九月三十一日

我们三个人的关系还是跟从前一样。不过一种暴风雨的预兆快要来了。为什么?我也不知道。

约赛夫并没有对我作过什么表示,然而父亲已经开始在怀疑他了。今天早晨父亲突然问我道:“约赛夫天天到这里来有什么用意?”

我不能够回答他。我知道约赛夫到这里来是为着我,但是我能够把这个意思告诉父亲吗?

十月二日

父亲的工作渐渐地慢起来了。昨晚他不曾写一个字。他烦躁地、苦闷地在房里踱着，不说话。我觉得我的勇气开始消失了。

今天早晨父亲去公司后，我独自在母亲的遗像前祷告了许久。母亲啊，难道我终于不能够把父亲拉住吗？

十月三日

父亲一个人出去了。我想他一定到母亲的墓地上去。约赛夫和我留在家里。

苦栗树下放着两把藤椅，我们对坐着。他一直望着我。他的眼里有一种神秘的光，我不得不避开他的眼睛。我知道他有什么话对我说。我怕听他的话，但是我无法使他不说。我觉得我的心跳得很厉害。

"酿莱。"他用战抖的声音叫我，我抬起头来，我们两人的眼光对射着，我连忙埋下了头。我觉得我的脸在发热。

"我来了，我来求你的宽恕，求你把过去的一切忘掉，再给我一个机会把我的心剖给你看，让你知道我是如何地爱你。"我知道这些话是从他的心里吐出来的，但是我不能够忘记过去。

"不，不要再向我说你的爱。你想想，从前是谁背弃了诺言？我把我的爱全部给了那个人，他却把它看得比他父母的一句话还轻。他骗去了我的心,却又把它掷在泥土里。现在他还敢向我说他的爱吗?”我愤怒地说。但是我心里并不恨他,我只觉得心酸,眼睛已经润湿了,我便用双手捧着脸倒卧在藤椅上。

“酿莱,我固然错了,但是我也受了母亲的骗。我并不知道你到巴黎来找过我,并不知道我的母亲对你说了那许多话,后来知道时已经迟了……你竟然不能够宽恕我吗? ……想想从前!”他差不多跪在我的面前,一手压着我的膝,一手拉着我的裙,带着哭声哀求说。

我原谅他。我知道并不是他的错。但是我怎样回答他呢?

“酿莱,说,说你爱我,说你宽恕了我……说你答应做我的妻子。”他继续地哀求,声音抖得更厉害。我知道希望与失望在他的心里激斗。

我宽恕他。我爱他……但是我不能做他的妻子。我挣脱了他的手,跑进房里,伏在枕头上哭。

父亲回来了。

十月四日

约赛夫没有来。父亲心里很烦躁。不过今晚他特别努力写他的著作。

我极力压住心里的激动，不让它在父亲的面前显露。

我爱父亲，但是我不能忘记约赛夫。我对我自己说，我还在爱约赛夫。

十月六日

傍晚时分我们并没有出外散步，约赛夫来得很早，父亲故意躲在房里。

约赛夫的态度很平静。我们两人立在苦栗树下谈了许久。我对他暗示，要他以后不再来。他似乎不明白这个意思。

我处处躲避他的谈锋，然而到后来我们的真心终于相见了。我不得不向他说我爱他，但是我不能够离开父亲，我不能够做他的妻子。

“难道女儿应当终身陪伴父亲吗？这是你的最大的幸福，你不应该为父亲而牺牲。去，快去向你的父亲说，他一定会答应你，他一定高兴你找到了自己所爱的人……”他的声音里带着自信，他的脸上发出光辉。

我埋着头不作声，因为我已经被他渐渐地说服了。

他的身子更和我的挨近，他的两只手伸到我的背后，一把将我抱着，抱得紧紧的。我的脸贴住他的脸，我好像触电似的，一种奇异的感觉通过我的全身。我只觉得热，我的抗拒的力量都没有了，任他吻我的脸，吮我的嘴唇。我陶醉在他的怀抱里，我忘记了一切。我也回抱了他。我愉快，我满足。这时候父亲走出来了。

约赛夫立刻放开了我。我红着脸，低着头不敢看父亲一眼。

父亲把约赛夫邀出去谈话。约赛夫临去时对我得意地微笑。然而我的心里却充满了恐惧。我不敢跟他们出去，我只希望他们谈得很好。

父亲回来得很迟，他不说什么，一个人关在房里。我不敢进去找他。

我不能闭眼，各种矛盾的思想都来到我的脑子里。

十月七日

早晨在喝咖啡的时候，父亲告诉我他已经答应约赛夫同我结婚了，他说他知道我满意约赛夫。他好像很高兴，但我看出来这是很勉强的。

我本来愿意答应约赛夫，然而这时候我忽然分辩说我不爱约赛夫，我不嫁给他。我说我永远不离开父亲。可是同时我自己又觉得这不是真话，这完全是虚伪的，勉强的。

父亲似乎不相信。他恳切地劝我不要拒绝约赛夫。他说我不应该为着他牺牲自己的幸福。他是不要紧的，我应该有一个自己所爱的人，而且应该同那个人一起生活。

“父亲，你不是我所爱的人吗?”我差不多带着哭声地叫道。

“不要欺骗你自己了，酿莱，”父亲带着微笑温和地说。但是我看出来这是苦笑，“对于一个少女，还有比父亲的爱更重要的东西。我老了，活着的日子也许不多，你应该听从我的话，免得耽误了你自己。”

我同意了。父亲好像很欣慰。

约赛夫来得很早。我接受了他的戒指，我们接吻，我们说了许多话。我实在爱他，我已经是他的未婚妻了。

晚上父亲锁着房门。后来他一个人走到外面去，到夜深才回来。我知道他到母亲的墓地上去了来。但是我不敢问他。

十月十二日

约赛夫天天来。

这几天晚上我都听见父亲的叹息声。我问他，他极力否认。我又问他为什么锁着房门，他说这样才可以安静地写作。我以为他说的不是真话。

我屡次跟父亲谈起我的婚事，他总是将话题支开，他只劝我早点同约赛夫结婚。但是我的决心今天又动摇了。

约赛夫今天向我说,他要我跟他到巴黎去结婚,他以后还是住在巴黎。我说让我好好地考虑一下。我答应明天给他一个回答。

现在应该决定了。不是跟约赛夫到巴黎去,就是留在这里陪伴父亲。然而在父亲与约赛夫之间,我还不能够毅然地决定选择谁。

父亲的房门大开,他伏在书桌上写字。我静静地站在门外。我想我也许就要离开这间屋子到巴黎去,让他一个人留在这里,孤零零的,没有人安慰他,鼓舞他,陪伴他。灯光照着他的稀疏的灰白头发,他的背弯得比平时更厉害,写字时像是很费力。我这时候才发现他是这么衰弱,这么老。他苦心地用慈父的爱养育了我这许多年。现在正在他需要人扶持的时候我却要离开他了。我记得前两年这里的老盖尔吕先生,他在一个月中间死去了妻子和一双儿女。他一个人孤独地生活了几天,就变成疯狂,抛弃了家财,不带一文钱,徒步旅行到什么地方去了。他临行时曾走过我家门前。他那种可怜的样子,我一生也不会忘记。我想起他,我又想我的父亲。我仿佛看见父亲也变成了那个样子。

“酿莱,酿莱。”父亲放下笔悲声叫着我的名字,然后又叹息一声,把头埋在桌上。我跑回房里,我哭了许久。我决定了。

十月十三日

约赛夫来时已经是夜间了。我在父亲的房里。我当着父亲的面把戒指褪下来还给约赛夫。我说我并不爱他,我不愿意做他的妻子,并且请他以后不要再到这里来。我当时的态度异常坚决。我觉得我有很大的勇气。

约赛夫好像受了很大的打击,脸色立刻变了。他瞪着眼睛张着口,在短时间内说不出一句话。过了一会,我才听见他喃喃地说:“酿莱,酿莱,你疯了……你疯了。”

我不敢看他,我不敢再听他说话。我怕我的勇气会消失。

我不顾约赛夫和父亲,一个人跑出房来。我走出了院子。

黑暗包围过来,墨色的天空中闪耀着无数的明星,凉风四面吹来。我的心空无一物。我只是不住地往前走。

回到家里不过九点多钟,我马上关上房门睡了。父亲的房里还有灯光,但是门已经锁住了。

我想今晚我一定会有噩梦。

十月十四日

我起来得较迟,父亲早已起来了。他的房门大开。但是我看不见他的影子。

我煮好咖啡。我叫他，却听不见他的回答。我走出院子，但是附近也没有他的影子。

我又走回他的房间。书桌上放了一封信，封面上写着："给我的爱女酿莱。"我连忙拆开了：

酿莱，我的小酿莱：——我去了，我永远地去了，这不是为了使你痛苦，这是为着使你幸福。我知道你爱他，他也爱你。你刚才当着我的面对他说了谎，说你不愿再见他。你拒绝了他，这全是为我。我固然不愿意在失掉你的母亲之后再让你他去。然而你的这样大的牺牲我是不敢接收的。我不愿意把你的青春拿来为我浪费。我必须使你跟着他去。我太爱你了，所以我要使你得到幸福。我放弃你，离开你，正为的是使你幸福。

你的内心的冲突我早已看出来了。我明白我的存在是你们两人中间的障碍，也就是你的幸福的障碍。我早就应该去了。可是为了完成我的著作的缘故，我又留了这许多天，以致引起今晚的事。我固然爱我的著作，我以为这是我毕生的事业。但是我更爱你，现在为了你的缘故，我把它牺牲了。我去了。我没有一点遗憾。我实行了我的志愿，我是很快乐的。

你不要找我了,因为在这个世界中你不会找到我。

快去把约赛夫找来,同他结婚。我知道他爱你,所以我把你托给他,他可以代我保护你,照应你。不要再想我了。祝你们快乐地生活在一起,这就是你的父亲的最后的愿望。别了,我的永不能忘记的爱儿。

我仿佛还在吻你的双颊。

你的父亲,十三,晚

我没有眼泪,我不再像一个女孩似地哭了。我要压下我的悲哀。我预备出去找约赛夫,找他来共同实现父亲的最后的愿望,建立我们的幸福的生活。

也许我的眼睛在短时期内不会干,但是幸福的生活必须建立起来,为父亲,为约赛夫,也为我自己。

1930 年

爱的摧残

八月三日

西蒙纳到我家来,已经两个多月了。

我看见她半裸的身体,忽然感到憎厌。我奇怪,我怎么会认识这个女人。鼻子那么尖,眼睛那么小,面颊并不丰腴,在她身上简直找不到美点。这样的女人居然会做我的情妇,我自己也讲不出理由来。“去罢!我不要再看见你!”我很想对她这样说。

我的眼睛贪婪地望着她的肉体,我的嘴终于不肯说出这样的话。

“你来的时候,给房东看见没有?”我淡漠地问。

“没有,”她对我含笑说,脸上现出欣慰的表情,“我上楼梯的时候,脚步放得很轻,我很怕看见老太婆那双凶恶的眼睛,天幸终于躲开了那个老东西……”

这个女人是一个所谓的良家妇女，她靠自己的双手作工度日。然而她宁愿忍受耻辱任我的房东太太把她当作暗娼，天天晚上到我这里来，不要任何的代价，把她的身子交给我。第二天早晨她临走的时候，除了说“再会”之外，还要说一声“多谢”。但是现在我却要对她说：“去罢，我不要再看见你！”了。

她的热烈的接吻和拥抱阻止我说出这句话，我终于没有勇气推开她。她又吻我的眼睛，我想她一定是不要我看见她那张丑陋的面孔。她松开了手的时候，我忽然开玩笑地问她道：

“你为什么要到这里来？”

“因为我爱你。”她庄重地说，又把脸偎过来。但是我的激情已经死了。

爱！什么是爱？“我爱你”，她真的爱我么？也许。但是我果然在爱她么？我曾经爱过她么？

我不再思索。我只是默默地、冷淡地接受她的热吻。

八月九日

她不说什么，不过从她的眼光里我看出一种责备的表情，她似乎怪我不该对她冷淡。我并没有表示。我装出什么也不知道的样子。我们各人心里都关着自己的秘密，彼此都不打开自己的心。我们戴着面具在互相欺骗。

她说："明天我不能来了，我要到乡下去看我的弟弟。"她的脸上现出惋惜的表情。

"不来也好。"我耸了一下肩膀说。

"你……不再爱我了。"她忽然迸出这句带哭的话，于是伤心地哭起来。

我望着她。我看见她那张脂粉狼藉的脸，我想说："我从来就没有爱过你。"但是我，这个卑怯的、说谎的我却抚着她的身子安慰道：

"我不爱你又爱谁？"

"不要骗我，你的眼睛明明告诉我了。"她依旧悲伤地说。

不管我的眼睛告诉她什么，我是不会对她屈服的。我说谎就要说到底。

"亲爱的，你们女人总是这样多心。你明明知道我在爱你，却偏偏要说我在爱别人。现在我分明在你身边，你还怕会失掉我吗？"我装出笑容对她说。她似乎相信了，便止了泪。一双清明的但依旧带着哀怨的眼睛默默地望着我。这一次却是我用嘴去吻她的眼睛，她的脸。她在我的怀抱中用了感动的声音喃喃地说着：

“我多么爱你,你就是我的生命……”

夜非常静,整个世界都死去了。屋子里抖着黯淡的灰白色的光。她的均匀的呼吸不绝地送进我的耳朵。她的身体在我的怀里像一具死尸。我忽然感到恐怖,又感到憎厌。我想把她推下床去,我的手一动,她的身子也微微地抖动了。

“路易,不要抛弃我!”她好像知道我的动机似地低声哀叫。我紧紧地抱着她,不敢说一句话。过了一会儿她又安静了。我知道她在做梦。但是我更希望我能够知道在她的梦中我是怎样地对待她……天保佑!希望她梦中的我不要比真实的我做得更残酷。

她的呼吸一声一声地刺入我的心里。灰白色的光似乎抖得更厉害,整个屋子好像都在动了。光啊,你为什么不完全消去,让黑暗到来,把这个为思念所苦恼的我埋葬一夜!

八月十日

今天早晨,她六点钟便走了。她临去的时候,我给了她一张五十法郎的钞票。

她接了钞票,冷笑一声,然后把它放回我的衣袋里。她说:

“我不是为这个来的,你知道我不是为这个来的。”

“哪个女人不是为了这个到男人家里来的呢?”这句话几乎脱口

而出，我忽然瞥见了她眼里发亮的东西，我便噎住了它。我默默地埋下头，不敢看她一眼。这时候我的感觉是没有文字可以形容的。

她叹了一口气。歇了一会儿，她俯下头吻我的嘴唇，从她的眼里落下两滴眼泪到我的颊上。我想说什么，但是我找不到一句适当的话。她慢慢地走出去了。

可怜的女人，你为什么要爱我？

我究竟爱过她吗？究竟还能够爱她吗？这样的问题时时来逼我，但是我不敢给它一个明确的回答。不过我清清楚楚地知道我的激情死了。

今晚上没有了她，我觉得更寂寞。我起先想，不看见她那张讨厌的脸，我总可以安安静静地过一夜罢。可是到了她平时来的时候，看不见她，我的心便烦躁起来。一切事都无心做，我每听见楼梯上的脚步声，心弦便要震动一下，我屏住呼吸，静候听惯了的敲门声。然而这个晚上门偏偏不响了。时间过得真慢。

我这一夜特别睡得早。枕上还留着她的头发香，一阵一阵地送进我的鼻孔。我想安静地睡一下，但是她的影子不停地在我的眼前晃动。

“你不再爱我了……亲爱的。”似乎她还在这里说话。

“你让我安静地睡一刻罢!”我挥着手气愤地说。

她的影子好像更逼近了。我不能忍受。

我不爱人,但是我被人爱着。

八月十一日

我在工厂里特别烦躁。做填颜色工作的柔曼娜时时借故跑到我这边来,含笑地找话对我说。这个可恨的小妮子! 她好像对我有意思。跟她开开玩笑不好吗? 我这样想道。但是我还想着我那个忠实、可怜而又可厌的西蒙纳。

柔曼娜,我们所称为“南方小美人”的柔曼娜,是我过去时代好梦中的仙女,我的初恋的对象。我还记得,这不过是两年前的事,有一天早晨我比她先进工厂,我在她的桌上留下了一张字条:

> 我爱你,我想你也爱我。那么我们两个共同来创造新生活,岂不更好? ——路易。

这个傻女郎,她读了我的字条,居然哭起来了。她把字条拿给她的同伴看。从此我就做了她们谈笑的资料。

我的初恋死了,我的爱情也跟着它死了。我只有恨,我恨一切的女人。

但是我找到了西蒙纳，那个忠实而可怜的女人。

我为什么要爱西蒙纳呢？不，我并没有爱过她。只有在今天我同柔曼娜谈话的时候，我才明白，我找西蒙纳是对柔曼娜报仇。

我胜利了吗？……不，柔曼娜还在拿我开玩笑。楼下那个烧火炉的年轻人上来的时候，她又到他身边去了，我知道他近来同她很要好，我看见他几次送花给她。我还在电影院里遇见他们几次。

她为什么爱那个人不爱我呢？我有什么不及他的地方吗？……我在工厂里的地位和工资都比他高。

我说，我讨厌西蒙纳，憎恨柔曼娜。但是我的眼睛却时时望着柔曼娜，我的心却时时想到西蒙纳。

下工的时候柔曼娜和那个年轻人肩并肩地走出工厂。我跟在后面。她忽然回过头来，对我笑了笑。我摸不着她的心思。

西蒙纳来得很早，她已经在我的房间里等我了。她非常亲热地跟我拥抱，接吻。桌子上堆满了她带来的食物和果品。食具已经安排好了。我们一面吃，一面谈话。她絮絮地讲她的旅行和家庭状况。我并不注意地听。我只知道她那个寄居在婶娘家里的弟弟身体不大好。

她似乎很高兴。她不会知道我并不爱她。那么我究竟爱谁呢？柔曼娜吗？不！我的激情死了，我的爱也死了。

对于西蒙纳，好像有一种义务把我们俩连接在一起。我不爱她，我想对她说："去罢，我不要再看见你。"可是我一面又在接受她的拥抱和接吻。

在西蒙纳的眼光和举动上，我明白我是被人爱着。我想我为什么不可以把我从前献给柔曼娜的爱献给西蒙纳呢？这个我自己也不知道。柔曼娜得到了我的爱，却把它当作毫无价值的东西毁掉了。现在西蒙纳给了我她那颗真诚的心，想换得我的爱，我却没有什么给她了。

我觉得我对西蒙纳犯了罪，因为我不曾把真面目给她看。但是我又怎样能够把真面目给她看，告诉她我不爱她呢？我不能够把那个不要任何报酬自愿将身体交给我的女人推开。

我们两个紧紧地抱在一起，各人怀着一种心思。黑暗压下来，我们动也不动一下。渐渐地一切的思念都死去了。黑夜，我希望你永远统治世界，不要让我们两个再醒过来，看见彼此的真面目。

八月十五日

我们的关系还是跟以前差不多。她越是挨近我，我离开她越远。她越往前进，我越向后退。她这几天的心情很古怪。她有时很快乐，向我叙说种种的计划，或者她的工厂里面的事情。有时她又忽然伤感起来，独自流泪不说一句话。

今天是礼拜天，她很早就来了。我们在家里用过了午饭，就出去到凡山树林里玩。

在地道车里我们遇见了柔曼娜。我给她们彼此介绍了。她好像很注意柔曼娜似的。柔曼娜打扮得十分漂亮，对我特别亲热。她一个人讲话最多，时而骄傲地瞟了西蒙纳两眼。西蒙纳似乎躲在角落里，不说一句话，有时偷偷看我，有时又偷看柔曼娜。我跟柔曼娜谈得很亲热。我还约她同到凡山树林去。她说是有别的事情，谢绝了。她答应今晚到我家里去。过了几站她便下去了。

柔曼娜虽然去了，但是她好像留下一个障碍在我跟西蒙纳的中间似的。西蒙纳变得忧郁了。她虽然跟我靠得近，却似乎隔得很远。我知道她在思索什么。柔曼娜的印象在苦恼她，但是我拿什么话向她解释呢？我害怕提起柔曼娜这个名字。

我还在想：要是柔曼娜果然和我们同去凡山树林，会有什么样的结果。我不敢再想下去。

我们出了地道车站，坐出租汽车一直到凡山树林。在汽车里她把身子紧紧贴在我的身上，头放在我的颔下。我抱着她，我觉得她究竟是我的人。我又捧住她的脸，亲她的红唇。她不说什么，从她的眼睛里我看出来欣慰与感激。我自己也有点感动，但是我还不能不想起柔曼娜。

树林里到处都是野花，草地上躺着一对一对的男女。一条曲折的林荫路把我们引进树林的深处。西蒙纳很高兴地牵着我的右手，我们穿过树林，披开垂下的树枝，踏着地上的枯叶走。我们走了一些时候，树木渐渐稀疏。走过这一片树林，便是一块斜坡。阳光从后面射过来，正被高大的树木遮住，只露出一些明亮的大斑点在草地上。我们拣了一块完全没有阳光的地方坐下，把带来的点心吃了一些，又喝了些矿泉水。我看见旁边有紫堇花，便摘了几朵小花给她插在衣衫上。她含笑地对我说了一声“多谢”，我们就在草地上躺下来。

这里十分静，只听得见几声鸟鸣。偶尔有一两个游人走过，但都向前走了。有时还有几声笑语传过来，但马上就被风送到远处去了。只有我们两个人还躺在草地上。这时候我没有想到柔曼娜，我的眼睛呆呆地望着西蒙纳。她的面貌，她的身子，在这个环境里好像有一种纯洁的美。我觉得我的爱、我的激情又复活了。

她睡着了，头枕在我的身上，脸上带着和平的微笑，胸膛微微地起伏着。看见她这个样子，我也感到欣慰。过去的一切苦恼都去远了。我想从此我们该可以把新的生活建立起来。

回到家里我们都好像变成了新的人。我们都觉得快活。我知道她高兴的原因,但是我戏问她为什么今天特别高兴。她起先不答应,只是吻我,后来才说因为她知道我还在爱她。

“你们女人居然把爱看得这样重要?”我惊讶地问道。

她把手搭在我的肩上,温柔地在我的耳边说:“爱是我的生命,没有它,我就不能够活下去。”

对于这个诚恳、纯洁的女人的自白,我找不到一句辩驳的话。忽然从我的眼睛里落下了泪珠。我把头俯在她的怀里。她用温柔的手抚着它,不停地说着那一句在全世界的语言中找不出相当美丽的译文的话:“Je t'aime。①”

“Je t'aime,Je t'aime。”我陶醉在这美丽的音乐里,我忘了柔曼娜,忘了她今晚的约。

柔曼娜并没有来,这是万幸的事。

八月二十四日

西蒙纳还是照常到我这里来,可是我的感情又渐渐地变了。

---

① Je t'aime:法语,我爱你的意思。

柔曼娜跟她那个年轻人闹翻了,便向我进攻,我抵抗不住她的魔力。西蒙纳在我身上唤起来的爱,唤起来的激情,被柔曼娜夺去了。

我今夜回家很迟,因为同柔曼娜在舞场里一直跳舞到一点多钟。我把她送回家,然后回到自己屋里。这个晚上她第一次让我吻她的香唇。她的确比西蒙纳可爱。这个小妮子的迷人的手段真不错。

西蒙纳在屋里等我,她还没有睡。她并不问我到什么地方去了来,只是默默地望着我。她的眼睛里充满哀怨。我只好向她撒谎。我说,一个朋友请我去商量事情,他一定不让我走,所以回家很迟,使她等了这么久。

她并不责备我,不过劝我以后不要回来得这样迟,因为我第二天早晨要上班作工。

我答应她以后不再这样迟回家。她好像放了心。我们并没有再谈什么话,就睡了。

她还是一样地爱我,可是我却不爱她了。她在我的怀里只是一个陌生的人。我的心远在柔曼娜的身旁。

八月二十九日

"路易,你不再爱我了。"西蒙纳含着眼泪对我说。

我埋着头不做声，因为我实在不爱她。

“我知道，你爱她……是的，你爱她……但是你不可以多少爱我一点吗？……我是多么爱你！你想想从前。”她抽泣起来，两只手摇着我的肩膀哀求似地说，“不要抛弃我，我把我的一切都给了你……我没有爱就不能够生活。爱就是我的生命……把你的爱多少给我一点点罢。”

我带笑地拿下她的手，安慰她说：“你们女人总是多心。我明明在你的身边，你却说我爱她。难道要我永远跟你厮守在一起，一刻都不离开？我不过是在敷衍她。我爱的只是你。”我自己也知道我在说谎，但是我一点也不觉得惭愧。我心里在盘算怎样才能够离开她到柔曼娜那里去。

她似乎不相信我的话。不过她也不再说下去了。

今天虽是礼拜天，但是我们并没有出去玩，时间就这样地过去了。

八月三十一日

“你为什么一定要爱我？在巴黎有那么多的男人！”我气愤地对西蒙纳说。

“不要对我这样说，路易，亲爱的。”她掉转身哭起来。

我在房里大步踱了一阵,忽然记起了柔曼娜的约会,便取了帽子走出去。

她跑过来跪在地上,抱住我的腿。“不要去!不要抛弃我!……你的爱就是我的生命……无论你怎样待我都可以,只求你不要抛弃我到她那里去!……她是跟你闹着玩的,只有我才是真正地爱你。”她呜咽地向我哀求。

她的眼泪弄湿了我的裤子。我愤怒地挣扎着,一面大声叫:“放开我!放我去!”但是我挣不开她的手。她把我的腿抱得太紧了。

我快要发狂了。我打她的头,打她的背,我震摇她的身子。她并不抵抗,只是哀哀地哭着说:“你打我,骂我,我都愿意忍受。只求你不要离开我。”

我用尽力量,都不能够挣脱自己的身子。我的兴致渐渐地消失了,愤怒也渐渐地消失了。

“我不去了。”我颓丧地说,便丢开了帽子。她放松我,让我睡倒在床上。

这个晚上我并不曾对她说一句安慰的话,反而是她带着眼泪装出笑容来安慰我,向我谢罪。

她脱去衣服的时候,白的皮肤上几块青紫的伤痕一齐映入我的眼睛。她装出不在乎的样子,连看也不看它们一眼。

悔恨的眼泪堵塞了我的咽喉,我把这些伤痕都吻遍了。我的眼泪终于流在她的背上。我向她发誓不再去找柔曼娜了。

九月七日

“路易,你现在又变心了。”西蒙纳悲哀地对我说。

我不开口。

她说得不错,柔曼娜不肯放我,她又把我拖过去了。

“路易,难道你还舍不得那个丑女人?”柔曼娜时常当着许多人对我这样说。她又把“丑女人”的故事讲给她的同伴听。虽然全是捏造的话,但是我听起来好像就是真的一样。我心里很难受,我觉得在人面前丢了脸。

柔曼娜一面用她的美丽引诱我,一面又捏造西蒙纳的故事羞辱我。她的这个手段终于把我征服了。这一次是完全征服了。

九月十日

西蒙纳似乎知道有一个悲惨的命运会落到她的身上。她没法抵抗,只有顺受地、战栗地等着它来。这几天她不大说话,也不常露出笑容,就是笑的时候,也只是苦笑,惨笑。

至于我呢，我知道自己的心思，我知道我在骗她，我没有勇气对她多说话。但是我觉得从她的举动上看来，她这几天爱我爱得更厉害，而且更害怕会失掉我。

但是我只想用一个巧妙的方法永远撇开她。

九月十八日

"路易，你就忍心这样抛弃我吗?"西蒙纳哭着对我说。

"你怎么会有这种心思？我不是爱着你吗?"我红着脸强辩。

"你难道这个时候还不肯对我说真话？……我知道你明天就要搬家了!"她哭得更加厉害了。

我被她揭穿了真相，有点恼羞成怒了。我赌气说："我搬家，跟你有什么关系?"

她走到我的椅子跟前，跪下去，仰起头望着我的脸，哀求地说："路易，请你把地址告诉我，我要跟你去，做一个奴隶也可以。只求你不要抛弃我。你的爱就是我的生命……没有它，我就会死……"

门上起了叩声。

"进来。"我大声说，一面推开西蒙纳，要她站起来。

来的是柔曼娜，她看见西蒙纳跪在地上哭，便冷笑道：

"你们的问题还没有解决吗？我知道你舍不得她。"

我想站起来,可是西蒙纳抱紧了我的腿不放。她哭道:“不要抛弃我,路易,亲爱的,不要抛弃我!”

“路易,现在应该由你自己决定了。在我跟她的中间你究竟要谁?快给我一个明确的答复。”柔曼娜做出坚决的样子对我说,一面褪下大衣露出她那丰腴、雪白的肩膀。她看见我还在迟疑,便对我笑了笑,说,“你既然舍不得这个丑女人,我只好走了,从此什么都完了。再见!”她掉转身子去开门。

“柔曼娜!”我连忙叫起来。

“什么?”柔曼娜掉过头带笑地问,用她那带诱惑性的眼睛望着我。

我要奔过去,但是西蒙纳死死地抱住我的腿。我急了,一脚踢开西蒙纳,把她踢倒在地上,终于说出了我早就想好却始终没有说出来的那句话:“去罢,我不要再看见你!”

我跑到柔曼娜面前,一把抱着她。她故意做出大的响声,接连地亲我的嘴唇。

西蒙纳止了哭,站起来,大衣也不穿,急急地打开门,跑出去了。

她到什么地方去呢?在这样的夜里。

我的头昏了。

柔曼娜坐了一会儿才回去。她要我送她，但是我谢绝了，因为我还想着西蒙纳。

柔曼娜去了。我孤零零地留在屋子里。西蒙纳的大衣躺在床上，突然地映入了我的眼睛。她大概不会回来了。我想起她平日对我的好处，觉得今晚上很对不起她。我走到床前，把她的大衣轻轻地摩了一阵，然后拿起它挂到衣橱里去。从大衣袋里落下来一张纸。我无精打采地把它拾了起来。原来是一封短短的信：

姐姐，亲爱的好姐姐：

好几天不接你的信了。我们大家都很念你。快写信来。婶母说等我的病好了就带我到巴黎去看你。你说你有了姐夫，你把他形容得那么好。你说他怎样爱你，怎样体贴你。你说你同他在一起生活得多么幸福。我们都高兴。婶母尤其高兴，她说今年圣诞节要请他到我们乡下来。我的病快好了，你不要挂念。我们都跟你接吻，也跟他接吻。我们都爱你，也爱你所爱的人。我们诚心地祝福你们两个。

你的小弟弟杰克

我狂吻这张信笺，然后拿起帽子开了门出去。

我走到静卧在冷月下的街上，我的脑子突然清醒了。我到哪里去？我去什么地方找她？在这样大的巴黎城里！……

在我的眼前现出了一幅图画：赛纳河的清波在月光下发亮，把一具女人的浮尸缓缓地送往下流。

“没有你的爱，我就会死。”她的话在我的耳边响起来。

我拼命向赛纳河岸跑去。我跑到了河边。我沿着石头栏杆飞奔。我一路上唤她的名字。我听不见一声回应。两个人跟着我跑。警察要拦住我，向我问话。我到处寻找西蒙纳的影子。

我终于找到了她！她靠在冰冷的石栏杆上，头发散乱，衣裙、袜子、鞋子全湿了。她不动，不看我，也不说话。我扑过去，跪倒在她的面前，两只手紧紧抱住她那双湿淋淋的腿。我哭着唤她，求她的宽恕，求她跟着我回家去。我答应今后永远同她厮守在一起，共同创造新的生活。

1930 年

好　人

我做小孩的时候很少回想到过去的事。可是年岁增长，回忆就渐渐地多起来，似乎过去的事都是值得怀念的了。我可以说不是为着现实在生活，而是为着怀念生活。

以前在学校里读书的时候，似乎眼睛上束了一层绷带，我所看见的只是世界的极小部分。我只看见花，看见光，看见春天的太阳，我觉得世界十分美丽。

到了一定的期限我跟学校生活绝了缘，据说我应该走进社会去了。我便开始发现世界的另一面目。绷带从我的眼睛上落了下来。于是世界变得更大了，我看见了污泥，我看见了眼泪，我看见了黑暗，因为我走进社会了。

我的生活方式也完全改变了。从前在学校里苦心学到的东西这时候毫无用处了。我便又开始受一种新的教育，这才是真正的吃饭处世的教育。

这种教育的第一步就是拼命忘掉在学校里所学的东西。我倒后悔以前在学校里为什么要那样地用功。我更后悔的是曾经远渡重洋，给自己增加了更多的回忆的材料。

不管这一点是否做得到。然而每天的功课却是必须做的：奉承上司、统御属下，打牌、看戏、喝酒、吃饭，换句话说，就是向一些人做笑脸，又向另一些人做歪脸，或者请客吃饭或者被人请去喝酒。这并不是因为我对这些事本身有兴趣，却是因为我不得不这样做。

从前在本省中学校读书的时候，曾经听过名满全国的模范督军①的讲演，其中最响亮的两句是"学不学个做好人有饭吃学个什么？——诸生当以此立志。"我跟许多同学一样都是崇拜伟人的，所以从那个时候起我们就立了志了。虽然当时也跟现在一样，并不知道怎样才算是"做好人"，而且模范督军也并不曾告诉我们。可是现在我却是"有饭吃"了。

然而单是有饭吃是不够的。在吃了饭以后记忆便时常来折磨

① 模范督军：指反动大军阀阎锡山，当时的山西督军。

我。我屡次想把学校时代的旧事忘掉，结果总是这些事情比别的更先出现在我的脑子里。有时候它们甚至于接连起来，把我的脑子完全占据了。于是我的眼光便落在写字台上一本蓝皮小书上面（我家里也有一个很好的写字台，虽然我平日很少读书写字）。我把书拿在手里，翻开封面，书前空白页上的题字便出现在我的眼前："赠给我的年轻朋友王。"署的名字是 C. M. 。望着这似乎还在颤动的字迹，我马上记起了那个温和的老年人的相貌，光阴便又倒流到几年以前去了。

我同查理 · 穆东先生认识，是我在巴黎读书的时候。我那时并不像现在这样，我很喜欢读书。我住在巴黎的第五区。穆东先生在第六区的某街开了一家书铺，离我寄宿的旅馆并不远。穆东先生的书铺是卖旧书的，但是新出的书那里也有，不过封面稍微旧一点，书页也已经裁开了，价钱却因此便宜了许多。我的经济情况并不太宽裕，所以我平日很少进新书店。我要什么书，总是到穆东先生店里买。要是那里没有现成的，我就请他替我去找。并不要许多时间，他就会把我要的书找了来。我到书铺去的次数愈来愈多，我跟这位店主人就成了朋友。

穆东先生快五十岁了。他有一个妻子，相貌很端正，年纪却比他小得多。可惜她是一个聋子。这是我后来才知道的。有一天我到书铺去问一本书，老头儿不在店里，我推开门进去，看见她，便招呼了一声“日安”。可是她并不回答我，好像不曾听见一样。我便又大声说了一句，她依旧不动一动。我很不好意思，因为我们中国人在外国往往让人轻视，我还以为她看不起中国人呢。我正要走出去，却看见那本书在书橱的最高一层，非常显目。我实在想把它买回去，所以冒险地再去试一试。这一次我走到她面前，还未开口，她便笑嘻嘻地招呼我。我发出第一句问话，她就取出了听筒来，我才知道先前的疑心是错误的，她原来是一个聋子。

可是我又起了好奇心。我想一个快到五十岁的老头儿会娶一个年轻的女郎，她又是一个聋子：这是什么缘故呢？我的好奇心一天一天地增加，但是我却不敢问老头儿，因为当时我跟他还不熟。

机会终于来了。一个春天的下午我在卢森堡公园散步。卢森堡的春天是很迷人的。每一株树，每一片草都含有强烈的生机。甚至于终年立在那里的石像也似乎露出了温和的笑容。许多十六七岁的姑娘袒着胸露着臂，在稀疏的林间跑，草地上还有男女青年在拍网球，到处都是儿童的笑声。我坐在喷水池畔，看一股一股的水冒上来，被风一吹，把水花吹得四散，一丝一丝的，连续不断。我注意地看着。忽然有人在后面拍我的肩头，叫“王先生”。我转过身子，看见穆东先生立在我的面前。阳光照着他的半秃的头，依旧是扁平的鼻子和发光的眼睛。今天他似乎年轻了些,脸上的血色也多了些。“穆东先生,你真是愈活愈年轻了。”我笑着说。他点头微笑。

我们握了手,就在旁边找了一个空着的石头长凳坐下来,开始谈着各种闲话。他的口一开,似乎就关不住了,总是我说一句他就说十几句,决不肯让我多说。我看见他的兴致这样好,觉得机会来了,就大胆地问起关于他同他妻子奇怪的结合的事情。

“怎么会是奇怪的呢?”他惊讶地说,“我觉得一点儿也不奇怪。很自然的,她需要我,我需要她。就完了。”他耸了耸肩头。

“事情不会是这样简单罢。每一件事说起来都是很长的。”我解释说。

“好,我告诉你罢,”他点着头说,“距今二十几年前,我有一个年纪跟我差不多的朋友。他起先在大学里读书,后来却停了学做工去了,大约是因为没有钱的缘故罢。他的兵役的年限到了,他应该去服兵役,可是他拒绝了。因此他受了严重的处罚,被押到非洲殖民地上去做苦工。”说到这里,他忽然问我道:“所谓在非洲殖民地上做苦工是怎么一回事,你知道吗?”他不等我回答,自己又说:“你不会知道的,这就是死。”

其实我完全知道,因为我曾经在蜡人馆里见过关于这种事情的塑像。我知道他的话并不夸张。那个惊心动魄的景象又在我的脑子里出现了。但是这时候我并没有多的时间去想它,因为穆东先生又在说话了。

“他一去就没有回来。他去了不久他的情人(他们虽然同居,但是并没有结婚)便给他生了一个女孩。

“三四个月以后,在一个落雪的夜晚,我从外面回家,在门口拾到了一个包裹。我拿到里面去看,才知道这是一个女孩,另外附有一张字条,写着几行拙劣的字,这几句话我至今还记得很清楚:‘我也勉强支持了几个月,现在不得不放弃她了。我把她交给你,因为你是他唯一的朋友,你又是一个心肠好的人。我怕你不肯要她,所以才在夜晚偷偷地放在你的门口。请你看在上帝的面上,把她收下抚养罢。’我知道这是谁写的。

“我从来没有照料小孩的经验,我费了很大的力才把她安置好了。第二天早晨我抱她到她母亲那里去,可是屋子已经空了。

“我只得把孩子带回自己家里抚养,虽然很费力却也应付过去了。不到一个月我得到了她母亲的消息。她在某某县里投水死了,究竟是为了什么缘故,我不知道,也没有人知道。于是抚养这个孩子的责任就紧紧地压在我的肩上了。

“孩子一天一天地大起来,渐渐成了一个可爱的女孩。我爱她跟亲生的女儿没有两样。我送她进中学读书。后来她就在我的店里帮忙,因为那时候我已经开书店了,不过是在我的故乡。

“她在小时候是我的累赘物。可是慢慢地长大起来,她又是我的安慰了。我每天非见到她不快活。她愈长大起来,我愈爱她。可是另一种恐怖的感觉又慢慢地生长起来,似乎有什么人天天在我的耳边说:‘她愈长大,她离开你的日子便愈近了。’想到这一层我觉得难受。可是我既不是她的父亲,又不是她的亲人,我有什么权利可以留住她呢?她要去的时候我也只好让她去。

“从这时候起我的生活便不安定了。恐惧的思想时时缠住我。我害怕她会从我的口里探出来我不是她的父亲。

“我所恐惧的事终于来了,这并不是她知道了我不是她的父亲,却是她有了爱人,是一个从巴黎来的富家子弟。他们中间的爱情越来越浓,我的恐惧也逐渐地增加了。我知道我不能够把他们两人分开,因此我的妒忌也变得更厉害了。有几次我做出悲伤的样子对她说:‘你一点儿也不爱你父亲吗?他辛辛苦苦地抚养你这许多年,你现在就忍心离开他跟别人走!’

“这些话虽然赚了她一些眼泪,但是并不能消灭她对他的爱情。后来她决定同他订婚了。

“这些日子里我心里起了激斗。几种冲突的思想互相斗争。

我有时想到为了她的幸福我应该让她去;我有时又想她去了以后我自己如何能够生活下去。我有几夜没有睡好觉,最后我终于决定了。

“在他们订婚的前夕,我跑到他的家里,把她的来历告诉了他,说她并不是我的女儿,她父亲是非洲殖民地上的囚徒,她母亲投河自杀,而且他们并不曾结过婚。你相信我,我说的都是真话,我并不曾假造一句话来诬蔑我的死友。

“于是他写了一封信给她,说明他为什么缘故不能够同她结婚。他真狠心,他把我的话全写进去了,不过不曾注明话是我说的。

“她得到信整整地哭了半天。她去见他,被他拒绝了。她知道他在某一个晚上搭夜车去巴黎的时候,便跑到车站去看他。

“我们的家离车站很远,那个晚上落着大雪,道路快被雪封了,我苦苦劝她不要出去,但是她无论如何不肯听从。她终于出去了。我想她一定不会走到车站,她会中途折回来。可是她去了许久还没有回家。我急了,我觉得一定发生了意外的事情,连忙找了几个人打起灯笼去寻她。

“雪漫天地落着,风尖利地割着我们的脸,我屡次要倒下去,但是终于支持住了。后来在山脚一株柏树下面找到了她。她侧着身子躺在那儿,一身盖着雪,只有一丝的热气。我们把她抬回家里,费了许多工夫才把她救醒。第二天她就病了。她病了两个多月,病好起来,耳却聋了。

"病好以后她似乎完全忘记他了。她甚至不愿意跟别的男人往来。她已经知道了我们的关系,后来倒是她先表示愿意嫁给我。于是我们结婚了。这是她需要我,我需要她。这样的结合并不奇怪。你看我们过得很快活,从来不曾吵过架。我告诉你,她的名字叫玛尔德。"

他讲完了故事,现出满意的笑容,表示他的生活是很幸福的。他提到她的名字时,露出了无限的温情。我知道他仍然很爱她。

可是我却奇怪,他对于他自己所做过的那件事(即是破坏那对青年男女的婚姻的事),居然一点也不后悔,好像认为这是很平常的事情,而且他采取的手段是正当的,这更使我惊疑不止了。

"怎么,你说不奇怪?你不是用了不正当的手段取得妻子的吗?"我惊讶地问。

"不正当的手段?"他也谅讶地望着我说,"什么不正当的手段?我说过一句假话吗?我骗取了她的爱情吗?我们两个不是过得很幸福吗?"

"可是她应该嫁给那个富家子弟呢!"我庄重地说。

"为什么?"他惊疑地问。他忽然笑起来说,"你们东方人真没有办法。你真是十足的东方人!"

我还想跟他辩论,却被他笑得不好意思起来。我沉默了一会儿。他却借这个机会告辞走了。

后来我也常常到他那里去,我注意地观察他们的生活。他们的确过得很好。我不懂这是什么缘故。我想,要是玛尔德知道了真相呢?……可是我又没有勇气把真相告诉她。

他们两个对我都很好,在回国以前我一直是他们的好朋友。我动身回国的时候,穆东先生还把他自己珍爱的一本绝版的游记送给我,就是这本蓝皮小书了。

我回国以后,还不曾忘记穆东先生。他送给我的纪念物——蓝皮小书还在我的身边。我每次看见它,就想到穆东先生这个人,我不禁要问自己:"他究竟算不算是好人呢?"我不能够确定地回答这个问题。

我依旧一天一天地奉承上司、统御属下,打牌、看戏、喝酒、吃饭,换句更好听的话来说,我是在受吃饭和处世的教育。

鬼

——一个人的自述

我的面前是海水,没有颜色,只是白茫茫的一片。天边有一段山影,但这时差不多淡到看不见了。沉下去的太阳放射着金光,在水面上拖了一段长长的影子。我的眼睛一花,就觉得这影子从太阳那里一直拖到了我的面前。倘若我乘了这影子去,也许会走到太阳那里罢:有时我发过这样的痴想。

我曾被堀口君开玩笑地称作一个空想的人。堀口君这时候就站在我后面。他正对着海在祷告,或者用他自己的话来说,在念经。

我见过海的各种面目了。它发怒的时候,它微笑的时候,它酣睡的时候,我都曾静静地偷偷在它上面走过,自然是怀了不同的心情。但像这种恬静的海面,我却是第一次见到,这时候除了偶尔发生到太阳那里去的痴想外,我对着海没有一点别的感觉。

我脚下是一块突出的岩石。水快要漫上岩石了,却没有一点声音,水是那么清澄,水底的贝壳和沙石都看得见。

在我后面右边是浴场,现在却只有一座水榭似的空屋留在那里,表面上像是沉静的,然而它却把堀口君的祷告的尾声重复叫了出来。

堀口君没有注意。他闭着眼,合着掌虔诚地念着一些我不懂的句子。他先前抛到海里的一包食物不知道被冲到什么地方去了。只有那张报纸还悠悠地躺在水面上,缓缓地往前流去,也许它会把这世界的消息带到太阳那里去吧。

虽然是在正月,海风吹到脸上也不会叫人觉得冷,却仿佛送了些新鲜空气进我的身体里来,这一向闷得透不过气的我现在觉得畅快多了,要不是这位朋友在旁边,我也许会大声唱起什么歌来。

堀口君在我不注意的时候,突然闭了嘴,用感动的声音对我说:“张君,回去吧。”他连忙转过身子,快步走了。我也只得跟着他走。虽然他还警告地说:“不要回头看,看了灵魂会跟着我们回家的。”但我也偷偷地几次掉过头去看海面,因为我爱看那沉下去的太阳。

归途中堀口君的严肃的面貌使我感到了被压迫似的不舒服，而他那恐惧般的沉默更引起了我的烦躁。我和他走过了宽广的马路，走过了几条点缀着长春树木和精致小屋的弯曲的窄巷。我终于不能忍耐地问道：

“你真的相信灵魂的事情吗?”

他惊讶地看我一眼，敬畏地回答道：

“不要说这样的话呀！我昨晚还分明看见她。她的灵魂已经来过三次了。上一次我还不知道她死。果然以后马上就得到了她的死讯。这次她来，是求我超度她，所以我给她念了一天经，把她送走了。”

堀口君的脸上依旧带着严肃和敬畏的表情，但这只是表面上的，我知道在这下面隐藏着什么。

他并不直截了当地答复我的问题，却只是重复说着那些旧话，那些我已经全知道了，都是从他的嘴里听来的。

女人的姓名是横山满子。我曾见过她几面，这是好几年前的事情了。那时我和这位朋友都还在早稻田大学里读书。我们虽然不是同一个国籍的人，我们的姓——“张”和“堀口”代表了我们的国籍，但我们仍有许多接近的机会，于是我们成了朋友。

堀口君的清瘦少须的面孔表示了他的性格，他是个温和到极点的人，我和他同学的三年中间没有看见他发过一回脾气。他的境遇不很好，家庭间的纠纷很多，父母都不喜欢他，这些都是某一个晚上我们喝了几杯正宗酒以后在牛込区一带散步时，他娓娓地告诉我的。

家在新泻县。那是个什么样的地方，我不知道，总之是乡下罢了。住处是牛込区原町一家楼上的贷间①。三铺席的窄得几乎叫人转不过身来的房间，他居然在那里住了三年。家里寄来的钱不多，假期内他也不回家去，依旧留在吵闹的东京，过他的节俭的生活。

我的思想和他的差得远。他是个安分守己的人。日莲宗的佛教是家传的。他自己并不坚决地相信它，不过自小就生活在那种环境里，从没有怀疑过那宗教是什么样的东西，也就把它当作养料般地接受了。

父母来信责骂他，父母的意见永远是对的。报纸上说了什么话，也不会错。日本政府在替人民做事，兵士保护人民，俄国人全是他们的死敌，——这些都是他的信仰，他似乎从不曾怀疑过，但

---

① 贷间：出租的房间（日本话）。

也并不热烈地主张或者向人宣传。虽然是信仰，却也只是淡淡地信着罢了。要是不同他相熟，谁也不会知道的。

我们是政治经济系的学生，换句话说，就是每天不得不到教室里去听那些正统派的学者鼓吹资本主义。我听久了，也生厌起来。他却老是那样注意地听着。但是下课后偶然和他谈起什么来，他又像不曾用心听过讲似的。因此大考的成绩并不好。他也不管这个，依旧继续用功，而第二年的考试成绩也不见好一点。

就是这样的一个学生，却做了和他性格完全相反的我的朋友了。

“不要老是这么愚蠢地用功吧，多玩玩也好。”我常常半开玩笑地这样劝他。他自然不肯听从我的话，但有时也很为我所窘。譬如我约他一起到什么地方去玩，他虽然不愿意，也只得默默地陪了我去。我明明知道他的心理，却装做不知道似地故意跟他开玩笑。

第三学年开始以后，他的生活就渐渐地有一点改变了。清瘦的面孔上多了一层梦幻的色彩。在教室里也不常做出从前的那种痴样子，却时常无缘无故地微笑着。但这情形除了我以外恐怕就没有人注意到，理由也很简单，我在班上是最不用功的学生。

我起初为他的这种改变感到惊奇，后来也就完全明白了。某一个星期日我在上野公园遇见他。我隔着池子唤他,他没有听见,却只顾往前面走了。他平时几乎不到公园来,这次还带了一个穿和服的年轻女子。她的相貌我不曾看清楚,从侧面看去似乎很苗条,而且是剪了发的。

第二天在课堂里遇见他,就对他说:“我昨天在上野遇见你了。”

他不说话,吃惊地红了脸,微微点一下头。

下课后和他一道走出学校来,终于忍不住问他:“那女子是什么人?”

我看出他的受窘的样子。但他并不避开我,却诚实地回答道:“我的一个远亲的姑娘,也是从新泻县出来的。”

他看见我现出不满足的神情,便加了一句:“横山满子君是个很可爱的姑娘。”

“啊,原来如此……”

这一天关于横山满子君的话到这里就完了。过了几天见着他时我又问:

“喂,满子君怎样了?”

他用了责备的眼光看我,略略红了脸,却诚实地答道:

“昨晚去看过她。”

以后的话他再也不肯说了。

我对横山满子君的事情虽不知道，却很高兴堀口君有了一个这样的朋友，因为至少她使他不再像从前那样愚蠢地用功了。我是一匹不受羁绊的野马，所以不高兴看见别人在陈腐的书本里消磨日子。

那时我住在马场下一家乐器店的楼上，是个吵闹的地方。

在一个星期六的傍晚，红灯笼一般的月亮从这都市的平房顶上升了起来，深秋的天气清朗得连人的内脏也揩干净了似的，晚风微微吹拂着道旁的玩具似的木屋，连日被资本主义和什么什么立国论弄昏了脑子的我，看见自己房里到处堆着的破书就烦厌起来，只想出街走走。走到街上又想到公园去玩，于是顺便去拜访堀口君，打算邀他同到上野去。

堀口君的房东太太同我很熟。她对我温和而奇怪地笑了笑，低声说："上面还有客人呢！"于是高声招呼了堀口君，一面就让我走上楼去。

我一面嚷着，一面大步走上去，还不曾走到最上的一级，堀口君就赶到楼梯口来迎接我了。脸上带了点慌张的表情，好像我的来访颇使他受窘似的。

“怎么样？到上野去玩，好吗?”我见着堀口君，不管有客没有客，就大声叫起来。

“满子君在这里。”他严肃地小声对我说，头向着房间那边一动。

“唔。”我含糊地应了一声，觉得有些好笑，也就糊里糊涂地跟着堀口君进了房间。

那个跪在座蒲团上面的女子看见我走进就磕头行起礼来。我只得还了礼，一面口里也含糊地说了两三句客气话，每句话都只说了一半，连自己也不大明白。我素来就是这样。其实心里很讨厌这种麻烦的礼节，但又不好意思坦然受人家的礼。这样一来连堀口君的介绍的话也没有听清楚，也许是他故意说得那样含糊。

行过礼以后大家都坐定了。他们两个恭恭敬敬地跪在那里，不知礼节的我却盘腿坐着。觉得无话可说，就拿起在旁边碟子里盛着的煎饼果子之类来吃，一面暗暗仔细地打量跪在我斜对面的横山满子姑娘。

梳着西式头，浓密的短鬈发垂在颈际，衬出来一张相当丰满的白面庞，面貌是小心修饰过的，并不十分美丽，但一对清澄的眼睛使这张脸显得有光彩了。据说日本女子很会表情，也许是不错的。满子姑娘的表情的确很漂亮，给她添了不少的爱娇。她说话时比她沉静时好看。但她不常说话,似乎沉静了一点,也许是因为有这个陌生的我插在中间的缘故,我想他们两个人在一起时绝不会是这样沉静的罢。

我们谈了一些平常的话。我知道她同父母住在一起,父亲在陆军省里做小职员,哥哥到大连去了;母亲是第二个,还有一个刚进中学的弟弟。这些在堀口君看来也许是了不得的重要,但跟我有什么关系呢?我只要看出来这位姑娘在性格、思想方面和堀口君像不像就够了。反正坐在这三铺席的房间里很拘束,要是把他们两个都拉到上野去,于他们也不见得方便。结果还是我一个人走吧。正在这样打算的时候,忽然听见了满子姑娘的问话。

"张君,方才堀口君说起您在欧洲住过,真是羡慕得很。那些地方一定很好罢?"

自己跟着父亲在法国住过几年,还在法国的小学毕业,这是好些年前的事了,曾向堀口君说起过,所以他把这也当作介绍辞似地对满子姑娘说了。

"那是做孩子时候的事情,现在也记不清楚了。我总觉得各地方的情形都差不多。也没有特别好的地方。"

"法国一定是个自由的地方吧?我想那里的女人一定很幸福。我读过几本法国的小说,真是羡慕极了,连做梦也会梦到那样的地方呢。"她憧憬似地说，那一对水汪汪的眼睛追求什么似地望着我，仿佛要从我的脸上看出法国青年男女的面目，甚至于法国社会的全景来。

没有读过一本法国小说，而且只在法国小学里尝过那种专制的滋味的我拿什么话来回答她呢？我被这问话窘住了。

在她呢，她被热情燃烧着，先前那种少女的羞怯的表情完全消失了。那件紫地红白色花朵的绸制的"羽织"①陪衬着她的浓施脂粉的脸庞，在电灯光下面光辉地闪耀起来，吸引了堀口君的全部注意力。在旁观者的我看来，这两个年轻人都为爱情所陶醉了。不同的是：男的醉在目前的景象里，而女的却放纵地梦想着将来的幸福。只有我这时却仿佛看见了另外的一个景象。满子姑娘跪着的姿势在堀口君的眼睛里是极其平常的罢，但我却看出来一代的日本女子跪着在向天呼吁了。

"也许是的。我却一点也不觉得，小说之类的东西我一页也没有翻过。"我直率地回答道，知道也许会被他们嘲笑。

果然满子姑娘低下头笑了，接着自语似地说一句："许是张君客气吧。"便掉过头去，富于表情地看了堀口君一眼。

---

① 羽织：日本式的上衣。

"张君,你不知道,满子君读法国爱情小说差不多入了迷,她读法国小说才高兴。她读近松秋江一类的小说都要流泪的。"堀口君带笑地给我解释,而满子姑娘却有点不好意思,微微红了脸。其实连近松秋江是个什么宝贝,我都不知道。

满子姑娘和堀口君低声说了几句话,我没有听清楚,仿佛她要他向我问什么话,他说不必问的样子。我也不去管这个,却准备着告辞的步骤。忽然满子姑娘又向我发问了:

"张君,法国女人和日本女人哪方面好,您可以讲讲吗?您喜欢法国女人,还是日本女人?"

她急切地等着我的回答,我是知道的。但我却不知道应该怎样回答她才好。若说两方面都不喜欢,那倒合我自己的意思,但是又对不住堀口君了。似乎是应该说喜欢日本女人的,而我却老实不客气地回答:"我完全没有注意过。"

我自己也看得出来满子姑娘被我这回答窘住了,但我也找不到话来安慰她。倒是堀口君聪明,他开玩笑地插嘴说:

"你别问他这些事,学经济的人都是没有情感的。脑子里只有那些长得没有办法的数目字。"

从堀口君本人笑起,三个人全笑了。这算是解了围。我看见满子姑娘同我渐渐地熟悉起来,害怕她还要用法国的什么和日本的什么向我作第二次的进攻，连忙站起来，并不管失礼不失礼，什么客套话也不说，就借故慌忙地逃走了。

以后，我就再没有和满子姑娘对面谈过话，在公园遇见她和堀口君在一起的事，也有过两三回，但都只是远远地看见她的背影或侧面。我因为怕她再用什么来进攻，所以连堀口君的住处也索性不去，偶尔去时，也是先断定了在那个时候不会遇见她才去的。堀口君好像不知道这个，他还"满子君问你好"，"满子君又问起你呢"地屡次对我说，使我很难回答他。有一次他说约了满子君去什么地方，要我同去。虽然我不想谢绝他的好意，但也终于借故谢绝了。

我虽没有和满子姑娘再见面，但我可以从堀口君的脸上知道她的消息。的确那张清癯的脸把他们两人的种种事情毫不隐瞒地报告出来了。我清清楚楚地看见阴影走上了他的脸。他的父亲从新泻县写了很长的信来，否认他同满子姑娘订约束的事，并且将他痛斥了一番，——即使他不告诉我这些话，我也可以从他的面孔上看出来。后来他又告诉我：满子姑娘的父亲采纳了在大连的哥哥的意见，对他们的约束也突然反对起来。

二月初某星期日的上午，我去找堀口君，打算把他的课堂笔记借来翻看一下。毕业期近了，大家都忙着预备考试，连平日不注意听讲的我也着急起来，因此我想堀口君一定在家里用功。但我走进他的房间，却看见他和满子姑娘跪在座蒲团上对哭。看见平日非常用功的学生到了这个地步，也有点可怜他。自己每天在报纸上看见什么“心中”①，什么“心中”，心里担心着不要他们两个也来一下情死，怎么办？想劝他们，又找不出话来说。自己的口才拙，是不必讳言的。同时又想到这边报纸上近来正骂着女人只顾爱情不知国家，似乎朝野异口同声地要女人同国家结婚养小孩。所以我也只得闭口了。堀口君倒拭着眼泪来和我应酬，我反而现出狼狈的样子。满子姑娘只顾俯着头哭，我也没有理她。从堀口君手里，接过笔记簿就匆忙地告辞走了。堀口君把笔记簿递给我时，曾绝望地对我表示就是不毕业也不要紧。我知道这不过是一时的悲愤语。

三月里我和堀口君都毕了业。成绩不好，这是小事。重要的是毕业把我们两个人分开了。我老早就担心着他会同满子姑娘来一下“心中”，看见他的脸色一天天愈加难看起来，更不得不为他的事情发愁。但是我们毕业后我在日本各地游历时期中，报纸上并

---

① 心中：“殉情”的意思。在日本一对情人一块儿自杀叫做“心中”。

不曾刊出堀口和横山两人的情死的消息。在神户上船回国以前我还照着他写给我的地址寄了一封信去。

在中国虽然处着种种艰难的逆境,我也是坦然下着脚步。我被一个大学聘了去教书,但在绅士们中间周旋不到,两年以后,觉得还是做挑粪夫干净一点,就这样被人排挤出了学校。一个斤斗从讲坛翻到社会里,又混了几年。做教授的时候倒常常想起堀口君,心里想:像我这样的蠢材,也穿起了绅士衣服在大学里混起来;不知道堀口君会有什么样的感想。他大概不会有什么好的职务吧。于是在看厌了绅士们的把戏以后觉得寂寞时,就给堀口君写了一封一封的信去。他也把一封一封的回信寄来,从没有失过一次约。信里的句子是我意想不到地亲切和真挚。他做了一个商业学校的教员,和一个姓"我妻"的女人结了婚,生了小孩。生活并不如意,但也没有什么额外要求地过着日子。他的信和他的人完全一样。不仅他的安分守己的态度没有改变,他在思想上更衰老得把家传的宗教当做至高无上的安慰了。他有一次甚至明白地表示"活着只是为了活着的缘故"。而且"只求无病无灾地把小孩养大就好"。

我在中国社会里翻了几年的斤斗以后,终于被放逐似地跑到堀口君的地方来。

先前接过他的一封信，写着："……既然你没有法子应付你们那里的社会，天天为着种种事情生气，倒不如到我这里来住住也好。我这里虽没有好的东西款待你，但至少我是把你当做弟兄一般看待的，不会使你有什么翻斤斗的麻烦。而且这里的纤细的自然正欢迎着在你们的大自然中厌倦了的你呢！"

我本来没有从中国社会退却的意思，然而读了堀口君的来信，就觉得还是到外面去玩玩好，就这样敏捷地离开了中国。

堀口君的小家庭是在海边的一个安静的小城市里。一切景物正如堀口君的信上所说，都是纤细的。房屋是可移动的小建筑物。山没有山的形状，树木也只有细小的枝条。连海也恬静得起不了波涛。

堀口君依旧保持着他那清癯的面貌和他那平和的态度。妻子是一个能操作的温顺的圆脸女人，很能合他的"把小孩养大就好"的条件。儿子是活泼的四岁的小孩，有着比母亲更圆的脸。

我住在这么简单的家庭里，整天看着这么简单的面孔，像读书似地把这些完全背熟了。我就这样安静地住了下来，比住在自己家里还放心。其实我本来就何尝有过家呢。

堀口君现在是一个虔诚的宗教信仰者。他因为父亲信奉日莲上人一派的佛教，自己也就承继似地信仰起来，虽然遗产是完全归那个做长子的哥哥承受去了。他的夫人因为丈夫信仰这宗教，也就糊里糊涂地跟着信奉。他的孩子虽然连话都说不清楚，也常常跟着父母念起经偈之类来。

对于这个我完全不懂。我连日莲上人的法华宗和亲鸾上人一派的禅宗有什么分别也不知道，更不能够判断“南无妙法莲华经”和“南无阿弥陀佛”的高下了。

“床间”上放着神橱，里面供着什么东西，我不知道，仿佛有许多纸条似的。此外“床间”的壁上还贴着许多纸条，全写着死人的名字，从堀口家的先祖之灵一直到亲戚家的小女孩之灵。

早晨我还睡在楼上的被窝里就听见他们夫妇在客厅里念经，我用模糊的睡眼看窗户那面，似乎天还不曾大亮。晚上我睡醒了一觉，在被窝里依旧听见这夫妇的虔诚地念经的声音。世间再没有比这夫妇更安分守己的人罢，我这样想。

堀口君在学校里的钟点并不多，再加上预备功课的时间，也费不了多大的工夫。我初到的时候，正是秋季开学后不多久，他还有许多时间陪我出去玩，看那恬静的海，或者登那没有山形的山。我们也常常谈话。我对他谈起我这几年翻斤斗的经过，他只是摇头叹息；而他向我叙述他的一些生活故事时，我却带了怜悯的微笑听着。

“满子君怎样了?”他从没有向我提起满子姑娘的事情。甚至连那姓名也仿佛被他忘记了似的。但我有一次同他在海滨散步归来的途中,却无意间这样发问了。

他吃惊地看我,似乎惊奇:怎么你还能够记起她来?接着他把嘴唇略略一动,清癯的脸显得更清癯了。于是他把眼睛掉去看那边天和山连接处挂的一片红艳的霞光,用了似乎不关心的轻微的声音慢慢地说:

“她嫁了一个商人,听说近来患着厉害的肺病呢!”

他似乎想把话猝然收住,但那尾声却不顾他的努力,战抖地在后面长长地拖着。我知道他这时的心情,也就不再开口了。

回到家,虽然时候还早,他却虔诚地跪在神橱前面念起经来,大概一口气念了两个钟头的光景。

第二天早晨他没有课,就上楼到我的房间里来,第一句话是:

“昨晚和满子君谈过话了。”

这句话使我发呆了。他昨晚明明在家里念经,并没有出外去过,家里也没有客人来,怎么他会和满子姑娘谈话呢?若说他跟我开玩笑,但他的脸色很庄重,而且略带了一点喜色。我惊疑地望着他,不知道怎样问他才好。

“这是宗教的力量呢!”他带着确信地对我说,“我昨晚念经的时候,她在‘床间’上出现了。她说她还记着我。她说她的身体还好。她说我们还有机会见面。她说以后还有幸福在等着我。所以我今天很高兴。”

我沉吟地微微摇头,不答话。他知道我不相信,便又加重语气地解释道:“这是很灵验的呢!我有过好几次的经验了。灵魂和人不同,灵魂是不会骗人的。”

“但是她并没有死……”我不和他细论,只在中途抓住了一句话来问他。

“不管死或者活,灵魂是可以到处往来的。最要紧的在于感应。”他理直气壮地回答我的质问,他的信仰的确是很坚定的,但我看来他却是愈陷愈深了。只是我有什么方法能够使他明白这一层呢?

“这不会是假的。我的父亲说是从这信仰得了不少的好处。许多人都从这信仰得了好处。你多住些日子也就会明白的。其实要是你能够像我这样相信它,你也可以少许多苦恼,少翻些斤斗。”他直率地对我说。他说话虽然不及我的教授同事们的嘴甜,然而他的真挚和关切是一眼就可以看出来的。我虽然讨厌这种道理,我却感激他的好意。而且抛开了国家的界限来看人,直到最近还是罕有的事,至少日本的新闻记者是极力反对这种看法的。因此对他的这种关心我更不得不表示感激了。所以我只是“唔”了一声,并没有反驳他。

我故意把话题引开,我们愉快地谈了好些话,后来不知道怎样又转到灵魂上面来。我忍不住猝然问他道:

“你真的相信有鬼吗?”

“当然,没有鬼还成什么世界?”他不假思索地回答我,好像这是天经地义一般。

“什么? ……”我不明白他的意思,便拖长了声音表示疑惑。

“这是很浅的道理。要是没有鬼,那么我们在什么地方去找寻公道? 这世界里的一切因果报应都要在鬼的世界里找到说明。一切人的苦乐善恶都有它的根源和结果!”他坚信地阐明了他这种奇妙的道理。我虽然不明白这种论法,但我对于他的思想和行为却渐渐地了解了。

他这个人并不是像我从前所猜想的那样简单吧,甚至他也在这社会组织里看出了不公道,而且觉得对这不公道还应该做一点点事情。但是他马上又轻易地把这个责任交给他理想中的另一个世界的统治者,自己只在念经跪拜等等安全而无用的举动里找到唯一的庇荫了。为了使他的良心得到安慰,鬼的世界就逐渐地在他的脑子里展开来。鬼就是这样生长的罢。

“我明白了。”我淡淡地对他说。其实我明白的只是这个,并不是他的那番话。他自然误会了我的意思。于是我又把鬼的问题关在脑子里了。

我在这安静的生活里开始感到了寂寞。靠看书过日子,这办法使我不舒服;一个人往外面跑,也没有多大趣味,况且这芝麻大的一个小城市,我不要几天的工夫,就把什么地方都逛完了。家里呢,又永远是那一对夫妇和一个小孩,连客人也不见来一个。

堀口君的念经的工作突然加重起来。下午念经的事情也有了。他下课归来后便忙着在神橱前跪拜。有一天他念完经马上就匆忙地提了一个包袱出去。过一些时候他回来时,我还在庭前散步,便问他到什么地方去了来。

“到海边去了,是去抛掷供物的。”他简单地回答道。

我不明白,又问了:“什么供物?……”

“前天也去海滨抛掷过一次。那是为了另一个死去的朋友。昨晚我的一个中学同学的灵魂到了我家里来,那个人死了不过半年,是死在满洲的。他来向我哭诉。所以我给他念经,我供他。供完了就把供物掷到海里,也不再回头去看,他的灵魂就会平安地到别处去,不再到我家里来了。”他感动地解释说。

我想他大概昨晚做了什么怪梦吧,其实这类的怪梦我不知做了多少。要我认真地一一供祀起来,说不定会使我倾家荡产也未可知。我也不去管这些,就随口问道:

“这样的事情近来常有吗?”

“怎么不是!从前也偶尔有过。近来却突然多了起来。已经供过四五个人了。明天后天都有供的,还有一个是我妻子的好朋友。近来我家里的鬼多着呢!”他严肃地回答道。歇了片刻,他又向我谢罪说:“很对不起,使你听这些话。你不会害怕吗?”

“哪里!”我接口回答。这短短的一句“哪里”把他的全部话都否定了。

在堀口君的眼里看来,这家里大概还是鬼比人多罢。但是在我的眼里不但看不见鬼,连人也少看见。堀口夫人是温顺到使人觉得就像没有她这个人似的。小堀口君却喜欢出去找小伴侣玩。堀口君又要到学校去授课。我一个人住在楼上,就仿佛在古庙里修行。虽然受着兄弟一般的亲切的待遇,但是在这里我的心的寂寞却一天一天地增加。这时候再看见有人画了鬼影放在我的眼前晃动,就像在火上灌了煤油。寂寞猛烈地燃烧起来,我的心便受着煎熬。但这一层堀口君不知道。而且在中国的那般教授同事们也不会知道的。在友谊的款待里我受苦，在阴谋的围攻中我动气。我就是这样的一个蠢材罢。

夜晚在楼上读着堀口君的藏书，为那些死人的陈腐的话动了火，想着那般盗名欺世的大骗子们玩的一贯的把戏；同时又听见堀口君在楼下客厅里念经的声音，这中间夹杂着超度死人的语句，还有和神鬼之类的对答。我无意间第一次分辨出这种种的声音，仿佛就看见许多鬼在下面走动。我的心情突然严肃起来。自己反而为这事情感到更大的烦恼了。

一个世界在我的眼前展开来，这就是堀口君所说的鬼的世界罢。是一片无垠的原野。没有街市，没有房屋；只有人，那无数的人。赤身带血的，断头缺腿的，无手无脚的，披着头发露着柴一般的黄瘦身体的，还有那无数奇形怪状的……都向着天空呼吁似地举着双手。就是这样的一些东西吗？那么堀口君所说的公道又在哪里？所谓因果报应在这里能够有什么样的说明呢？我们世界里的苦乐善恶跟这又能够有什么样的根源与结果的关系呢？倘使这眼前的幻景是真实的，那么这些鬼应该比活着时更明白这个社会组织是什么样的东西吧。那个陷在错误的泥淖中爬不起来的堀口君念经的声音这时候突然消失了。于是一个哭声轻轻地响起来，起初轻微得仿佛只在我的心上响，以后却渐渐地增高。鬼世界的景象又一度出现,无数的鬼都哀诉般地哭了。

奇怪!我几乎不相信自己的眼睛了。在那哀哭着的鬼丛中忽然出现了许多穿华丽衣服的绅士模样的肥胖的东西,它们露出牙齿狞笑,抓起鲜血淋淋的瘦鬼放在嘴边啃。其余的瘦鬼带着哭声往四面逃散……

“去吧,去吧!”我愤然地叫了。我对于生活在这个大欺骗中不能够做任何事情的自己也憎厌起来。我用力挥舞着右手,好像要把眼前的鬼世界扫去一般。接着我又抓起那骗人的书本往地上掷。这一来幻景马上就消失了。耳边响着的依旧是堀口君的念经的声音。此外就只有一个寂寞的世界。没有一点人的声音。那寂寞就像利刀似地在我的心上划着。我用手抚着胸膛,痴呆地望着窗外的一片黑暗,痛苦地问着自己:是死是活。

又一天。在安静里过一天就像过一年似的。

“满子君的消息来了,她在逗子的医院里养病。”堀口君忽然对我这样说,那时是傍晚,他带了孩子同我在海滨散步。

“她自己寄了信来吗?”我问道,我也很想知道满子姑娘的事情。

“不,我是从家里的来信里辗转知道的,所以只知道这么一点。

我怕她的病加重了。”他说着，脸上现出无可奈何的愁苦的神情。

这回答使我感到失望。但我知道他的痛苦却比失望更大。似乎他至今还保持着从前对满子姑娘的爱情，依旧是那么深，没有减少一点。不过他把它埋在心的深处，只偶尔无意地在人前流露一下罢了。他这种人永远把痛苦噎在心里，对于一切的横逆，都只是默默地顺受，甚至把这当作当然的道理，或者命运。但是在心里他却伤痛地哀哭着他的损失。我的这种看法不会错。好像故意给它一个证明似地，他又接着说：“不知道怎么样，我总担心着她的病。恐怕会发生什么不幸的事情。”他皱着眉毛，一层黑云堆在他的额上。

“她的灵魂不是告诉过你，你们还有见面的机会吗？不是说还有幸福的日子在等待你吗?”我安慰他道。我的口才很拙，仓促间说出了这样的话，倒像是在故意讥笑他了。

“是呀，我本来是这样想的呢！但得到她在逗子患病的消息以后，总觉得有些放心不下，自己也不知道是什么缘故。”他倒把我的话认真地听了，用很软弱的声音辩解似地说，两只眼睛茫然地望着海天交接处的绚烂的云彩。孩子在旁边拉着他的手絮絮地向他问话，他也仿佛听不见了。

“何必这样担心呢？反正她现在跟你没有一点关系，你平日连信也不曾写一封。”这是我劝他的话。自己也知道这种话没有力量,但也找不出更适当的话来了。不懂文学的人似乎连应对之才也缺乏,无怪乎要为绅士们所不容。但是堀口君却又把这当做诚恳的劝告听了,而且更真挚地回答道:

“正是因为这样,所以更不能不关心她。这一切似乎都由一个命运来支配。自己只感到无可奈何的心情。仔细想起来,人生实在是无聊啊!”

说这些话时他依旧望着天边。但云彩已经变换了。先前是淡红色的晚霞,现在成了山峰一般的黑云。夜幕像渔网一样撒在海面上,海依旧是睡眠似的恬静。潮慢慢地涨起来。小孩因为父亲不理他,早已跑开,在海滩上跑着拾贝壳去了。

过了二十几年的安分守己的生活以后,他终于吐出了绝望的呼吁。在这一刹那间所谓万能的宗教也失掉了它的力量。便是一个再简单不过的人,倘使睁开眼睛看见自己心的深处的伤痕时,也会对那所谓万世不移的天经地义起了疑惑罢。至少这时的堀口君是对那存在的一切怀着不满足之感了。

“人生并不是这么简单的罢。”看见他在自己造成的命运的圈子里呻吟婉转的样子,我也被感动了。我的天性使我说不出委婉的话。我便直率地把他的话否定了,“只有不能支配自己的人才会被命运支配……”

我还没有把话说完，就被他忽然阻止道：“你听，这是什么声音？”

这周围非常静，如果有声音，那就是海水的私语。不然他一定是听见自己的心的呼号了。便是最能够忍受的心，有时也会发出几声不平的叫喊罢。然而不幸的是他会用千百句“南无妙法莲华经”来埋葬这颗心的。我能够把他的这颗劫后余烬般的心取出来洗一番吗？我一个人两只手要抗拒二三十年来的他的环境的力量，这似乎和我从前在绅士中间翻斤斗的事情一样，太狂妄了罢。但是像我这样的蠢材总高兴拣狂妄的事情做。

我正要说话，孩子却在那边大声唤他。他忽然皱一下眉头，用痛苦的声音对我说：“回去罢！……”就走去迎他的孩子。

逗子的信来了。信封上镶印着黑边，里面一张纸片印着下面的句子：

> 赐寄亡妻满子的供物，拜领之后，不胜感谢。亡妻遗体已于某日安葬在逗子的某地，道远不及通知，请原谅。
>
> 夫　大口某某
>
> 父　大口某某

从堀口君手里接过这纸片读了两遍,不由得想起了法国女人和日本女人的问题。两只发亮的眼睛仿佛还在纸片上闪动。那张曾经在三铺席房间的电灯光下一度光辉地闪耀过的少女的面庞又在我的脑子里浮动起来。

“怎么突然来了这东西?”我问。

“是呀!第一次的通知并不曾接到,也没有送过什么东西去。不知怎么却来了这谢帖。这错误竟使我连她死去的日期也不知道。”他那极力忍住而终于忍不住的悲痛的声音,我听着更增加了我的寂寞。

横山满子的面颜最后一次在我的脑子里消失了。我把镶印着黑边的纸片还给堀口君时,看见他在揩眼泪,就说:

“人反正是要死的。死了也就不必再提了。其实我好几年前就担心着她会来一个‘心中’呢!谁知她倒多活了这几年。”

我把话说完,才知道自己又说了不恰当的话,真是粗人!但是话说出也没法改正了。

“你怎么知道?”他惊讶地问我。

“什么?”我听见他的意外的问话,不觉更惊讶地反问。

“‘心中’!”他加重语气地说。

“‘心中’!我不过这样推测,报纸上不是常有‘心中’的记载吗？老实说我从前倒担心着她和你也许会来一下这个把戏。”我说得很老实。

“哦！”他叹息地应了一声，惊讶的表情没有了，代替的是悔恨。于是他告诉我：

“她的确几次向我这样提议过，我都没有答应。最后一次她约我同到华严泷去，是写了长信来的。我回了一封信说：一切都是命运的安排，人没有一点力量，所以违抗命运的举动是愚蠢的。我们只是一叶小舟，应该任凭波浪把我们载到什么地方去。顺从了命运活着，以后总会有好的结果……这样她就跟我决裂了。我们从此也没有再见面。如果我当时答应了她，我这时也不会在这里了。我知道她的决心是很坚强的。前天夜里还仿佛梦见同她去什么地方‘心中’似的。”

“现在好结果来了罢！”我听完他的故事只说了这短短的一句话。也许是讥讽，也许是同情，也许是责备，也许是疑问。其实这些全包含在这句话里。我不能够相信在那时候的他们的面前就只有他所说的两条路，我不能够相信应付生活就只有这两种办法。事实上他把那个最重要的倒忘记了。

“现在好结果来了罢！”他疑惑地重复着说，然后猛然省悟地责备自己道，“自己种的苦果自己吃，没有什么话可说。”脸上立刻起了一阵可怕的痛苦的痉挛。我看见这个就仿佛看见牲畜在屠刀下面哀号。心里也起了战栗。

“那么你还相信命运吗?”我不安慰他,却责备地追问道。

他不回答我,只是埋下头挺直地跪在座蒲团上面。

学校里放了年假。一连几天堀口君都忙着在念经和抛掷供物。差不多每天吃中饭的时候,他都要告诉我说:昨晚某某人的灵魂又到我家里来了。于是就简略地告诉我那个人的生平。无论是男或是女,那些人都是这个社会的牺牲者,而堀口君却说他们全是顺从命运的好人。于是傍晚他就提了一包供物到海边去把那亲友送走了。而在家里又会有另一个亲友的灵魂在等候他超度。

这个人,当他对我申诉痛苦的时候,他露出等人来援救似的无可奈何的心情;而跪在神橱面前,他却毫不迟疑地去超度别人的灵魂了。这也许是宗教的力量罢。但这宗教却把那无数的鬼放进了他的家中,使他与其说是活在人间不如说是活在鬼的世界里了。

新年逼近的时候,平日默默地劳动着的堀口夫人便加倍默默地劳动起来。在堀口君,也多了一件写贺年片的事情。只有那小孩更高兴地往各处找朋友玩。楼上不消说是静得像一座坟墓。我一个人在那里翻阅陈腐的书籍,受古圣贤的围攻。

新年一到，这家庭似乎添了一点生气。邮差不断地送了大批的贺年片来；拜年的人也来了不少，虽然大半都是在玄关口留了名片或者写着“御年贺”的纸卷，并不曾进房里来。但门前的人影究竟增加了许多。小孩也时常带了他的朋友来，多半是些穿着很整齐的和服的小姑娘。常常在庭前用羽子板拍着羽根[①]玩，这虽是女孩的游戏，但近年来已经有不少的少年在玩了。

劳动了一年的堀口夫人，在她的苍白的圆脸上也露了笑容，多讲了几句话。晚上没有事情，也把我邀到客厅里火燵旁边去玩“百人一首”。玩这种游戏我当然比不过他们夫妇。

堀口君有四天没有到海边去了。大概新年里鬼也需要休息罢。但是一月五日这天的午后他忽然又勤苦地念起经来，一连念了三四个钟点以后，他就在下面大声邀我同到海边去。我走下楼看见他提了一包供物站在玄关口。

“昨晚又有谁的灵魂来过了吗?”我一面穿木屐，一面问道。

“就是横山满子君。我回头再详细告诉你。”他严肃地小声说。

我们默默地走了出去。

---

① 羽根:毽子(日本话)。

从海边归来的途中……

我们依旧在那些窄巷里绕圈子。堀口君说过了那简单的回答后，就不再作声。两人的木屐在土地上沉着地发响。我被沉默窒息着，不能忍耐下去，便说：

“那恐怕是梦罢。你看见她是个什么样子？”

“梦不就是可信赖的吗？我屡次做梦都有应验。”他停了脚步，说着话望了我几眼。前面几步远近，竖着那“马头观音”的石碑。他走上去，合掌行了一个礼。他走过这个地方总要这样地行礼，我看见过好几次了。

“她的样子很憔悴，眼含着泪，要我救助她。所以我想她做鬼也不幸福，今天给她念经超度过了。以后还要给她念经呢！”他继续说，声音有点改变，我明白是一阵悲痛的感情侵袭来了。但我好像不知道怜悯似地不去安慰他，却说了类似反驳的话：

“她不是顺从着命运活过了吗？那么她应该有好结果呢！你给她的信上不是这样说过的吗？……”

“但是……但是——”他仿佛遇到了伏兵，突然忙乱地招架起来，说了两个“但是”，便再也接不下去。

“但是一切都错在命运上面。这命运也只有你一个人才知道！我不相信这些。即使真有，我也要使它变成没有！”我气愤地说。

我看见他招架不住地往后面退走了，便奋勇地追上去。

他不再和我交战了。他只顾埋着头走，口里含糊地念着什么，像在发呓语一般。但在我的耳朵听来，他念的并不是《南无妙法莲华经》，而是“我错了”一类的句子。

这晚上堀口君忽然现出非常烦躁的样子。晚饭吃得很少，老是沉思一般地不说话。而且因一件小事就把小孩骂哭了。饭后他说要玩“百人一首”。等堀口夫人把食具收拾好拿出牌来时，他忽然又说不玩了，就一个人跑了出去。他的妻子问他夜里到什么地方去，他也不回答。

我回到楼上，又受着腐儒的围攻。虽然房间里摆着火钵，却变得非常寒冷了。接着来的是寂寞。周围静得很可怕。忽然不知在什么地方有人唱起了谣曲，苍凉的声音在静夜里听来就像是鬼哭一般。这许久还不见堀口君回家。于是风起来了，一吹便吹散了谣曲。树木哀叫着，房屋震摇着，小孩也在下面哭了。这楼上就如一个鬼窟，我不能够再坐下去，便毅然站起来，走下楼，到玄关口去找木屐。

“张君，要出去吗？到什么地方去？”堀口夫人在房里用了焦虑的声音问道。

“海边去！”我不假思索地这样回答。不等她说第二句话，就冒着风急急走出门去。

海完全变了模样。

我认不清楚平日见惯的海了。潮暴涨起来，淹没了整个海滩。愤怒般的波涛还不住地往岸边打来。风在海上面吼叫地飞舞。海在风下面挣扎地跳动。眼睛望过去，就只看见一片黑暗。黑暗中幻象般地闪动着白光，好像海在眨眼睛，海在张口吐白沫。

浴场已经消失在黑暗里，成了一堆阴影，躲在前面。每一阵风冲过来，就使它发出怪叫。我去找那些岩石，就是这傍晚我在那上面站过的，现在连痕迹也看不见了。

我站在岸边，望着前面海跟风搏斗的壮剧。一座一座的山向着我压过来，脚下的石级忽然摇晃似地在往后面退。风乘着这机会震撼我的身子。我的脸和手都像着了利刀似地发痛。一个浪打来，那白沫几乎打湿了我的脚背。

我连忙往后退了两步，定了神，站稳了脚跟，想起方才几乎要把我卷下去的巨浪，还止不住心的跳动。

黑暗一秒钟一秒钟地增加。海疯狂地拼命撞击岸。风带着一长列的怪声迎面飞过来。这一切都像在寻找它们的牺牲品一般。

对着这可怖的景象我也感到惊奇了。平日是那么恬静的海遇着大风的时候也会这样奋激地怒吼起来！

“可惜，堀口君不在这里，不然也可以给他一个教训。这海可以使他知道一些事情。”我这样自语着，一个人渐渐地进入了沉思的状态。

风刮着我的脸和手，我也不觉得痛；浪打湿了我的脚，我也不觉得冷了。我一个人屹立在风浪搏斗的壮剧的前面，像失掉了全部知觉似的。

“张君，你来了！”一个意外的声音使我惊醒过来。我掉头看后面，正遇着堀口君的发光的眼睛。在那张清癯的脸上我看见这样的发亮的眼睛还是第一次。尤其使我惊讶的，是他会到这个地方来。

“你看见了这一切吗？”我略一迟疑便惊喜地发出了这句问话。

他点了点头，然后低声说：“我比你早来了许久。”

我惊疑地望着他那发光的眼睛，带了暗示地自语道：

“想不到那么恬静的海也会这样可怕地怒吼起来。”

“不要说了。”他一把抓住我的膀子烦躁地说。我觉得他的手在微微地颤抖。我不答话，只是惊疑地望着他。

“回去罢，回到家里我有话对你细说。”过了半晌他又说了一句。

1935年2月3日在日本横滨

第二辑　欧洲风情

复　仇

一

这年夏天老友比约席邀请我到他底别墅去度夏。

我去的时候，那里已经有了几个客人。一个是医生勒沙洛斯，一个是新闻记者福拉孟；还有一位比叶·莫东，是一个中学教员，我跟他第一次见面。我们几个人都是单身汉。

比约席的别墅在一个风景优美的乡村。一条河流把全村围抱在里面。岸边有一带桦树林，点缀着许多家房屋，有的是中世纪式的古建筑物，有的又是现代的样式。绿的、黄的、红的、灰的，各种颜色的屋顶在夏天的太阳下面放射出奇异的光彩；有时候它们映在水里的倒影也似乎有了奇妙的颜色。水永远不停地缓缓流着，不论是昼和夜。有几夜，我因为读书，睡得迟。那时候似乎全村的人都睡着了，我很清晰地听见了流水底喁喁私语。可是在平日，这种声音是听不见的。我想，在起风暴的时候，水上一定会奏出美妙的音乐。可惜我住在那里的两个月中间，并不曾有过暴风雨。

这里的礼拜堂大概很古老了，这是从褪了色的墙壁和钟楼底形状上看出来的。我不曾去过教堂。不过礼拜日早晨开始做弥撒时的钟声，我无一次不听见。严肃的、悲哀的声音从不远的地方传来，又慢慢地落进水里，好像被碰碎了似的，分散在水面；这以后它不再是严肃、悲哀的钟声，而成了低声的、微细的乐曲。这乐曲刚刚要在我底耳边消去时，悲哀的钟声又追了上来，把它完全赶走了。但是这个声音自己又撞在水面，变成了同样微细的乐曲。这样的音乐我非常喜欢。

可是我的几个朋友的趣味却跟我的趣味并不完全相同。医生和新闻记者爱打猎，比约席喜欢划船，莫东先生似乎没有什么嗜好。但是他爱写诗。他的诗，我并不喜欢，就像我不喜欢他本人一样。他的身体庞大、肥胖，有一个屠户所特有的大肚皮。两只脚又是长短不齐，走起路来一颠一跛，虽然用一根手杖撑住，也不能使他的屁股不向上耸。我当时有一种偏见，这样的人决不会写出好诗。

在这里我们的日常生活除了读书、打猎、划船、游泳、游山、散步之外,还有一件不能不提起的大事:闲谈。差不多每天傍晚,用过晚饭以后,我们都留在座位上,一面喝咖啡,一面谈论各种题目,来消磨这个夏天的夜晚。

傍晚时分空气很凉爽。我们的餐桌放在院子里,眼前是一片草地。晚风轻轻地吹起来。黄昏的香气包围着我们。白日的光线在黄昏中慢慢地飞去,让星子在黑暗中放出它们的光芒。在友谊的讨论中,在和平的环境里,我们的日子就这样幸福地过去了。

有一次我们不知道怎样谈到幸福上面来。对于平时职务繁忙的我,这样的生活就是很幸福的了。我当然表示出我的这种意见。新闻记者同意我的看法。

可是莫东先生却发出了奇怪的议论,他引了英国诗人布朗宁的话,说人生的至上善就在于跟少女一吻。① 诗人并不是在跟我们开玩笑。我们单看他说话时的那种梦幻的样子,就可以知道他这时候真正在梦想着少女的嘴唇。这使我们忍不住笑起来。

“人生的最大幸福就是看见正义胜利的时候。”比约席说,他是

---

① 见英国诗人罗勃特·布朗宁(R. Browning,1812—1889)老年写的一首诗《至上善》(Summum Bonum)。

学法律的人,说这种话也不无理由。

后来轮到医生发表他的意见了。做医生的人总是以救人为幸福的,我这样想。

“复仇——”医生慢腾腾地说出这两个字。

“复仇?”我们都惊叫起来。

“是,我说最大的幸福是复仇。”他镇静地说。但是他又闭了口,好像静静地等候着我们的反驳。

我们都不发言,只是默默地带了疑问的眼光望着他。他似乎在沉思。过了一会儿,他终于开口解释他的意见。他的声音很镇定,但是里面仍旧有一点痛苦的味道,这说明他所说的话曾经给了他很深刻的印象。

二

复仇——不错,复仇是最大的幸福,我是这样相信的。

在两年以前,我到过意大利,在某小城的旅馆里我住了一个多月。有一天晚上,我已经睡了,忽然一声枪响惊醒了我。过了一会儿房东跑来敲我的房门。我开了房门,看见她的惊惶的面孔。她惊急得几乎说不出话来。她告诉我下一层的房间里有一个房客自杀了。

我连忙提起皮包跟着她下去，到了那个房间。可是已经迟了。

地上躺着一个瘦弱的青年。他的胸膛露了出来，偏左一点有一大团血迹，脸色白得像一张纸，喉咙不住地响。我俯下去听了他的脉，知道已经无望了。死已经来了。我刚刚站起来，他忽然睁开了两只血红的眼睛，口里说了一句："我是福尔恭席太因。"喉咙里再吼了几下，便死了。

这个人，我见过几面。我们虽然同住在一个旅馆里，但是在楼梯上遇见时，连"日安"、"晚安"也不曾说过一声。他的相貌非常阴郁，好像从来不曾有过笑容。我虽然常常想招呼他，但终于对他生不出感情。一直到这个夜晚我才知道他是福尔恭席太因。

福尔恭席太因这个姓，你们总该记得罢。他是曾经轰动全巴黎的鲁登堡将军暗杀案的凶手。他杀了鲁登堡以后就不知逃到什么地方去了。谁也不知道他的踪迹。难道他真是在这里吗？那么他为什么自杀呢？

我从房东那里知道他是一个名叫约翰·伦斯塔特的德国人。在这里住了半年多，在一个铁厂里作工。他没有朋友，也没有家属。他并没有什么嗜好，房里弄得很整洁，房钱到期即付，从不拖欠，倒是一个很好的房客。

我听了房东的话，便不敢相信这个自杀的青年就是刺杀鲁登堡的凶手。我想他也许是另外的一个福尔恭席太因罢。但是这时候我无意中看见他的衣袋里露出了一个纸角，我便把它抽出来。原来是一束文件。我只瞥见“福尔恭席太因的自白”几个字，便把它塞在寝衣的袋子里，房东似乎不曾注意到。

警察也来了，我除了回答一些照例的问话以外便没有什么事情。警察们忙着处置尸体。我便回到自己的房间里来。

夜已深，四周非常静。圆月挂在蓝天里，它的清冷的光芒从开着的窗户射进来，但是在屋内的电灯光下消失了。蓝天的意大利整个地睡去了，我这个异邦人却怀着激动的心情读那个全欧洲的人所想知道而没法知道的秘密。

福尔恭席太因的遗书很长，而且我现在也记不完全了，我只把大意告诉你们。他的自白大约是这样的。在下面的叙述中我自己可能加了一些话，但是大意总不会错，我现在仍旧用他的口气讲出来：

“我现在要把我的生命结束了。我想这是我现在唯一的出路，因为不能忍受的生活应该把它毁掉。不过我害怕以后会有人怜悯我，说我没有勇气生活，才去走死路，所以在临死前我决定写下我的自白来。

“福尔恭席太因这个姓一年前曾经轰动过全欧洲，被各国报纸称为‘最可怕的凶手’，被法国警察追缉，一般人都不知道他的行踪，这样的一个人现在却要无名地死在这里了。

“有些人也许会说我的死是在忏悔我的罪恶。其实我对于杀死鲁登堡的事，并不后悔。我所杀过的人除了鲁登堡还有一个叫做希米特的军曹。我一点也不悔恨。我以为我杀他们是正当的。

“三年前，我还在家乡。那时我刚同我的吕贝加结婚不几月。我们开设了一家杂货店，两人过活得也还幸福。

“然而在这个城里发生了所谓反犹运动，成立了专门的团体，由反动的军官指挥，先用各种宣传煽起种族的仇恨，然后发动大规模的烧杀抢劫。

“有一天我因事出去了，留下吕贝加在店里。我回来时远远地看见一个军官匆忙地从我的店里出来。他走过我的身边，轻蔑地望了我一眼，便向前走了。他的脸上有抓破的地方，军服也很凌乱。我忽然不自觉地感到灾祸的到来，便加速了脚步，跑进店里。我推开门，看不见吕贝加。我狂叫她，也听不见回声。我跑上了楼。

“天呀！她赤裸裸地躺在地上，满身都是血。我狂热地吻她的脸。她的脸,她的小手,都冷了。她的眼睛深闭着,并不睁开来看我最后一眼。我哭,我痛哭了许久。

“我忽然有了一个思想。我认得那个军官是希米特军曹。我马上跑了出去,到了司令部,要求见鲁登堡将军。鲁登堡将军接见了我。他听了我的请愿以后,并不说什么,只是微微一笑,就叫两个兵士把我带出去了。

“我被他们关了两天,等我回到店里时,什么都没有了。我的东西被他们毁得精光。

“我没有家,我没有亲人,没有产业,连我所爱的妻子的遗体也没有了。这茫茫的世界中我还有什么去处?生活里没有一点可以留恋的东西。在我前面横着一条死路。我真想像许多失望的人那样,到那里去寻找安慰!

“忽然一个思想像一线光明似地射入了我的脑子。复仇,复仇!我似乎又找到一个生活的目标了。我还是要活下去的。在这个世界中我虽然没有一个亲人,但是我却有仇人呢!我要为复仇而生活。烈火烧着我的心,我以最大的决心宣誓要对希米特和鲁登堡两人复仇。我决不放过那两个刽子手。

“我虽然失去了我的吕贝加,但是我的复仇心也够使我生活下去了。忍耐也许是痛苦的事,但是一想到复仇,我就有力量了。我必须忍受一切以达到我的目的。

“我怀着这样的决心,离开了这个成了废墟的家。我并没有什么遗憾,在我什么都死去了。只有一个东西占据了我的整个思想:复仇。

“经过了短期的飘泊的生活,我居然弄到一个德国人的护照在这个城里做了马车夫。我过着极其刻苦的生活,一面锻炼我的身体,以便进行那个伟大的工作。

“天幸机会终于来了。在一个大风雨之夜,我把车停在一家大咖啡店门前,自己坐在上面打盹。已经很迟了,忽然一个粗暴的声音叫醒了我。我看见一个喝醉了的军官站在我的面前。我打了一个冷噤。在这微弱的马车的灯光下,我认得这是我的仇人希米特。仇人的面容我一看就认出来了。

“我让他上了车,并不拉向营里,却把车赶向河边去。我的心里充满快乐,一路上正在打算怎样向他复仇。

“到了河边,雨势已经小了。我停了车,走下车来给他开了车门,说:‘到了,请下来罢。’他一摇一摆地走了出来,看见了河水,吃惊地问:‘这是什么地方?’

“我的手已经拉住了他的领口,我狂暴地叫起来:‘你这狗,可认得我?’——‘你?’他思索了一下,忽然眼里现出恐怖的表情叫道:‘你? ——福尔恭席太因?’他似乎吓着了,身子也站不稳。但是我紧握着他的领口,一手扯开他的外衣,又从我的怀里摸出一把匕首来,在他的脸上晃了一下。

“‘放了我,饶了我罢,看在上帝的面上!’他一点男子气也没有,竟然向我跪下了。但是我的妻子的血使我忘记了一切。‘狗,现在我要拿你的血来洗我妻子的血了。’我说着就对准他的胸膛把匕首刺了进去。他哀叫了一声。在车灯的微光下我看见他的痛苦的挣扎和脸上那种难看的表情,我非常满意,我觉得我一生从来不曾有过这样的幸福。雨点打湿了我的身体。但是我的心还很热。我抽出匕首,血跟了出来。我把匕首放在嘴唇边,用舌舐着刀叶,我把血都吃了。我不觉得有什么味道,只觉得热。我藏了匕首,把那个垂死的身体拖到岸边,抛进河里去了。

“雨势又大起来,在漆黑的天空中,看不见什么,他的身体马上就被浪花吞去了,一点踪迹也不留,一声呻吟也没有。河岸上跟先前完全一样。这好像是梦,可是我的身子很热,唇边还有血的气味。

“我赶车离了河岸,一路上我唱着歌,心里非常快乐,觉得我是世间最幸福的人。我的仇人已经在我的手里死掉一个了。

“希米特失踪了,但没有一个人知道是我把他杀死的。不过我不久也就离开了这个城市,因为鲁登堡已经离开这里了。

“这三年来我到处跟着他。他到哪里,我也要到哪里。自然在他旅行是容易的;在我却很困难,往往因为筹旅费的缘故耽误了时间,等我赶到那个地方,他已经走了。我跟他到过来比锡,到过汉堡,到过柏林,到过维也纳,最后到了巴黎。三年来我历尽千辛万苦,做过种种的工作,每天只吃白面包,喝清水,但是我从没有一天失掉过健康和勇气。一个伟大的理想鼓舞着我,——复仇。一想到那个屠杀犹太人的刽子手而且是我的仇人的鲁登堡的死,我觉得这是莫大的幸福。为了这个未来的幸福,我就忘记了一切的痛苦和琐碎事情。

“到了巴黎以后,我买了一支手枪,到处探访他的踪迹。后来从一个犹太朋友那里知道他常常到日光咖啡店去。

“我每天出门时总要把那支装好子弹的手枪吻许久。有一天我果然找着他了。他一个人坐在咖啡店里面。

“我闯了进去,对他叫道:‘现在福尔恭席太因找着你了。’我连续发了三枪,我亲眼看见三颗子弹都打进了他的身体。他只是呻吟着。我却在一阵混乱中逃走了。这是我一生中最快乐的时候。

“没有人捉住我,我到过比利时,到过瑞士,才到了意大利。我的姓名响遍了全个欧洲,可是我自己却依旧困苦地、无名地而且像一只狗那样被人追踪地活着……

"我的精力渐渐地消失了。从前因为有仇人在,有复仇的事待做,所以我能够历千辛万苦而活着。现在呢,生活没有了目标,复仇的幸福已经过去。我没有家,没有亲友;在前面横着不可知的困苦的将来。工厂里的繁重的工作和奴隶般的生活,我实在厌倦了。我一个人不能够改变这一切。我决定把我的生活结束,因为我一生再也不会有那样的幸福了。"

三

医生说到这里,停了一会儿,把桌上的一杯咖啡端起来喝完了,又惋惜地接下去说:

"福尔恭席太因的遗书大概就这样完结了。我很对不起他,不曾把他的遗书发表,因为他的话虽是真实的,我虽然也像他那样相信复仇是最大的幸福,但是人们互相仇杀的事在我看来终于是可怕的。难道除了复仇以外,我们便找不到别的道路吗?……譬如宽恕,不更好吗?……"

"我倒劝你把他的遗书交给我发表,这样就可以把鲁登堡事件的悬案解决了。你把福尔恭席太因的秘密永远藏在你的心里,又有什么好处?”新闻记者热心地说。

医生在沉思,还没有答话,比约席开口了。他严肃地、决断地说:“在现在,除了以眼还眼,以牙还牙外,还没有别的路。”

路,我想是有的,不过他们不想走罢了。至于路是什么呢?在我也只有含糊的概念。

奇怪的是医生既然相信复仇是最大的幸福,却又说起宽恕来。这不是很矛盾的吗?

我们都在思索,大家不再开口。我默默地抬起头,望着繁星在深蓝的天空中飞舞。

1930 年

狮　子

外面落着连绵的雨，夜已经很深了，远远地送来圣母院的沉重的、忧郁的钟声，正是十二下。

桌子上摊开一本书，在黯淡的灯光下一行一行的字迹似乎全消失了。我的眼里只有这样的一句话：

“狮子饿了的时候，它会怒吼起来。”

渐渐地连这一句话也不见了，我的面前立着一个人影，我认得这是“狮子”。

说起来这是九年以前的事了，我那时在沙——城的中学校念书。

有一天在午饭后的休息时间里，我和同学们在学校的草地上踢球，第五班的白克把球向我踢来，我一脚接上去，球端端正正撞在门房的玻璃窗上，把玻璃打得粉碎，球落进门房里去了。在场的同学都叫起来。我呆呆地立着，望着破窗户，不敢动一下，也不敢响一声，汗珠往额下流，全身发起热来。学监莫勒地耶走到我面前，拧我的耳朵，在我的脸上打了四五下。我痛得哭了，用手揉着脸，眼泪遮了我的眼睛。各班的同学们在我周围大笑。我感到了一种形容不出来的奇耻大辱。我恨莫勒地耶。我要对这个“狮子”复仇。

实在，绰号“狮子”的莫勒地耶是全校学生所最不喜欢的人。我们虽然讨厌总学监格南，但是我们更讨厌“狮子”。他那披着长发的头，他那冷酷的面貌，他那暴躁的性情，使我们给他取了“狮子”的绰号。他到这里来有两年多了，其余的三个学监已经换了几次，他一个人老是不动。他没有笑容，也没有亲切的话，只是打，只是骂，这就是他管理学生的方法。他发怒的时候，两只眼睛圆圆地睁开，口大大地张着，同学们看见这个样子，知道狮子在咆哮了，马上静下来，或者避开一点让他一个人远远地站着，不去理他。也有些时候我们气不过了，便闹起来故意跟他捣乱，那时他也没有办法。

尤其讨厌的是在寝室里我们睡下以后：要是别的学监当值，我们说一两句话也不要紧，但每逢狮子当值的时候，他一定要在寝室里踱来踱去，整整走一个钟头，要到了敲十点钟他才肯安静下来。他不许我们说一句话，而他的皮鞋声又妨碍我们睡眠。我们屡次商量想惩罚他一下，给他一个教训，但是总想不出好的办法。

时间很快地过去了，我已经忘记了我的受辱与复仇。但是天幸我得到了一个机会。

一个礼拜天，校长夫妇坐他们的汽车出去了，学校里还留着二三十个未回家的同学。下午三点钟的光景，我因为肚饥，不能等到四点钟吃面包的时候，一个人私下跑到膳堂里去拿面包。膳堂里没有面包，我想去向女厨子讨。厨房就在膳堂隔壁，我轻脚轻手地走，刚要跨进厨房的门槛，忽然注意厨房里有男女谈话的声音。我从板壁缝里偷偷张望，看见女厨子白朗西坐在切面包的长桌上，跷着腿，我们的狮子站在她面前亲切地对她说什么。我这时候快活极了，面包也不要了，连忙轻脚轻手地走了出去。我并不把这个有趣的消息告诉同学。我望着他们笑。我在心里说："我现在有办法制服狮子了。"

这个晚上轮到狮子在寝室里当值，我正可以利用这个机会。我不能忍耐地盼望着九点钟到来。我想，无论如何狮子今晚上一定会落在我的圈套里，他一定会向我投降。

我们都躺在床上了，狮子照例地在房里踱着。我笑嘻嘻地望着他，但是他没有注意到我。

“白克，”我对那个睡在左边床上的第五班同学说，“我告诉你……”

“闭嘴！”狮子掉过头怒吼起来。

我们宁静了一会儿。

“女厨子白朗西很漂亮！莫勒地耶先生，是不是？”我带笑地说。

“你说什么？你这小猪！”狮子这样怒吼着，大步向我走来，他站在我的床前，圆睁着双眼，捏着两个拳头，正要打下来。

我吓着了，勇气也消失了，下面的话不觉冲口而出：

“在厨房，说情话，我看见。我要告诉东家①。”

狮子的拳头在我的脸上晃了几下，但是并没有落下来。他的眼里差不多要冒出火。他闭着嘴，咬紧牙齿做出一个歪脸，愤恨地望了我许久，恨不得将我吞下去似的。最后他叹了一口气，便离开我的床，马上灭灯睡了。

我心里非常快活，这一次我大获全胜了。

---

① 东家：法国中学生常称校长作东家。

第二天早晨上第一堂课的时候，佛朗得尔先生还没有来，狮子领着我们这一班进课堂，我走在最后。

“午饭后到我的房里来，我有话对你说。”狮子低声在我的耳边说。我点了点头，便走进课堂去了。

“他要玩什么花样？”我解答不出这个疑问。我在课堂里思索。但是佛朗得尔先生来了。今天又轮着我上去背诵文选。

午饭时我吃得很快，不能忍耐地等着校长的“完了”的声音。我走出了饭厅，在门口等候狮子。狮子一出来看见我，便叫道：“布勒芒！”我跟着他到他的房里去了。

他的房间在阁楼上，非常小，房里也没有什么陈设。他叫我坐在屋子里唯一的椅子上，他自己在床上坐下了。

我不知道他要玩什么花样，坐在那里很拘束，心里也很不安。我颇后悔不该跟了他进来。我想着操场上的阳光、空气和球戏，同学们的笑声从窗户送进来，把我的心牵引去了。但是我知道在我的面前便坐着那个可怕的狮子。

“布勒芒，听我说。”狮子今天似乎变样了，他露出从来不曾有过的那种温和亲切的样子，声音也很柔和。我觉得奇怪，便收了心注意地看他。

“孩子，你还年轻，你不懂得这个世界，”他继续地说，“你昨晚上说那些话，在你不过图一时的痛快，你却不明白你怎样地伤了一个人的心…… 白朗西…… 那个女厨子白朗西，你知道她是谁？……她是我的妹子。”

“怎么？莫勒地耶先生，她是你的妹子？”我惊讶地叫起来。

“是的，”狮子点头说，“你现在还年轻，但是你总有一天会走进社会的。我把我的事情告诉你，对你也许有一点好处。”

白朗西是狮子的妹妹！这真有趣。我愿意知道这详情，便注意地听他说。

“生活，你也许还不懂得生活是怎么一回事，我晓得你的家境很好，你是富家子弟。你也许不知道许多贫苦的人怎样地忍受耻辱和痛苦，甚至愿意卖掉自己最宝贵的意志，只是为了每天的面包，为了生活。你们安安静静地读书，你们从来不曾为每天的面包发愁，你们从来不曾为生活受苦，所以你们笑骂那般人，你们轻视那般人，你们骂别人不读书，骂别人无知识。你们不知道学问的门对某一些人是不会打开的。你也许会问，像我这样大的年纪为什么不进大学去研究，却在这里过这种无聊的生活，消费光阴，消磨我的青春呢？你也许会因此轻视我。但是你听我说。

“生活，你们是不知道生活的。你们不知道某一些人，那许许多多的人是怎样生活的。就拿女厨子来说罢，她们每月的工资仅有一百多法郎，这样少的数目！然而为了这一百多法郎，她们却不得不像奴隶似地劳动，而且像奴隶似地忍受耻辱。不错，我的妹子白朗西是女厨子……老实说，我的母亲从前也是的。”

他说到这里，脸上现出痛苦的表情。他捏着拳头在床上捶。我的心中充满了恐怖，但是我不敢走。他歇了一会儿才说下去：

“我母亲在年轻的时候做过女厨子，在某地的中学里。那里的总学监看中了她，她虽然不愿意，但是为了生活的关系，为了这个小小的位置，她无法拒绝他。结果她有了孕，不得不离开学校，而他却把她置之不顾了。母亲生下了我，她辛苦地劳动，换了几个地方，才把我养活到五六岁。那时候她嫁了一个丈夫，又生下了白朗西。白朗西还不到一岁的光景，她的父亲就被伤寒症夺去了。他是一个工人，没有什么东西给我们留下来。但是我们要生活下去。母亲抱着极大的决心终日地劳苦，养活我们兄妹，使我进了小学和中学。

“我那个时期的生活很苦，不但身边没有一个零用钱，连学校里需用的书都是向同学借抄的。同学们常常因此嘲笑我，作弄我，鄙视我。但是我都忍受了。我很用功，我的各门功课成绩都很好。我满心希望着毕业后能够进大学。我对哲学感到很大的兴趣，我知道巴黎大学的伯烈教授很有名，我很想跟着他研究。我相信学问的门对任何人都会打开。我想我可以在那里找到我的终身事业。

“然而这一切希望都成了泡影，在我快要毕业的时候，我的母亲忽然死了。她辛苦了一生，只得到这样的结局。我用我的眼泪埋葬了她。我不仅为她的死而哭，我还在哭我的破灭了的希望。她快死的时候，我去看她，她躺在病床上，用她的瘦弱的手抚摩我的头，带了愁烦的眼光望着我说：‘儿哟，我不能够再供给你读书了。你毕业后能够自己想法进大学也好，不然就把那个妄想抛弃了罢，不要苦了你自己。在这个社会里我们贫苦的人是不能够同富家子弟相比的。’

“母亲的话是不错的。中学毕业了，大学的门在我的面前关住了。我再叩也叩不开。我听见十几个成绩比我差的同学进了巴黎大学的消息，我只有羡慕，我只有痛哭。

“我暂时抛弃了进大学的妄想，我做了学监。但是我还不曾失掉希望。我最初的主意是得到这个位置以后，我一面存钱，一面继续研究学问，过几年也许可以达到进大学的目的。

“然而事实总是跟理想差得很远。这微小的薪金只够我同白朗西二人的用度，因为我还得养活白朗西。说到研究上来，在这样的环境里怎么能够研究学问！没有书，又没有指导的人，一天又要做这些无聊的事。

“我看见我的希望一天一天地远了。我自己好像陷落在一个黑暗的深渊里面，没有一条出路，没有一点生趣，生活简直成了苦刑。我很愤激，很烦躁。报复的思想渐渐地来到我的脑子里。我对于那些有钱读书的人都憎恨，因为他们垄断了学问，霸占了学校，才使我们贫家孩子无法求学。所以对于你们这般富家子弟，我非常讨厌，我喜欢用打、骂的方法来管教你们……不知你曾否注意到，我对龙伯尔、达拉狄叶这几个孩子表示好感，从来不曾打骂过他们，这理由就是他们跟我一样是贫家的孩子。这也可以证明我并不是一个生性残酷的人。

“我的这心情只有白朗西一个人知道，她几次劝我不要这样做。我也同意她的话。可是在这样的环境里，我能够禁止自己不这样做吗？

“我还告诉你……你知道白朗西为什么到这里来做厨子？这是为了我，为了减轻我的负担，为了使我进大学的希望得以早日实现。这固然是出于她的好意，但是这种帮助对我并没有多大用处，只苦了她自己。我不要她来，她终于来了。现在呢，这里的总学监又看上她了。我们昨天便是在商量这件事。我无论如何，即使去做奴隶，做牛马，我也要保护我的妹子，不让她再走母亲所走过的那条路……公道是不存在的……在这样的环境里，我能够做什么呢？……我知道你们叫我做‘狮子’。狮子饿了的时候，它便会怒吼起来。我现在饿了，我的心饿得战抖了，我的口渴得冒火了。我不能再忍下去，我希望我能够抖动我的鬃毛，用我的指爪在地上挖成洞穴，张开我的大口怒吼。我希望我能够抓住我的仇人撕出他的心来吃……”说到这里他突然变了脸色，两只眼睛大大地睁开，活像一对狮子眼，里面露出了凶恶的光。他站起来，两只手的手指弯曲着像兽爪似的，他慢慢地向我走来：“现在我找着你了。”他发出了这样的一声怒吼，他的两只手对着我的颈项伸过来。

我吓得叫出声来，连忙推倒椅子向外面跑，但是他用一只手拉住了我。

我们都不说一句话。我觉得莫勒地耶先生的那只手在我的手臂上战抖。我的心跳得很厉害。

又过了一些时候，我胆怯地看他，他的相貌变得很温和了，好像刚才的一切不过是一场梦。

“孩子，去罢，没有什么了，刚才不过是跟你开玩笑，”他拍着我的肩头温和地说，“你现在可以了解我了……我希望我们能够做朋友，你看我在这里连一个朋友也没有。”他把我的手紧紧地握着。

奇怪的是，最后的一句话差不多是带着哭声说出来的。狮子居然哭了！

我很感动，诚恳地叫了一声："莫勒地耶先生，再会。"便走出来，自修课的下堂铃已经敲过了。但是我连上堂铃都没有听见。

从这时候起我对莫勒地耶先生有了好感。我有空就常常到他的房里去看他，他总是温和地跟我谈着许多有趣的事情。他似乎忘记我是富家子弟了。这以后不久我患了重病，母亲把我送进医院去治疗。我在医院里住了一个多月，这一学期我就没有再去学校。等到第二年开学时，四个学监都换了新人。莫勒地耶先生没有了，白朗西也不来了。同学中没有一个人知道他们的消息。从此我也就不曾再听见别人说到他们的事或者提起他们的名字。就在今天我还不知道他们是生存，或是已经死亡，或者莫勒地耶先生已经在大学毕了业。虽然我知道最后一个揣想的可能性最小，但我却希望它是事实。因为要这样我在巴黎大学上课时才能够安心一点，不会想到世间还有像莫勒地耶先生那样想进大学而进不去的人。

"狮子饿了的时候，它便会怒吼起来。"

我好像不是在我的屋子里，却在一座荒山中，我的周围有无数的狮子在咆哮。它们饿了，它们怀着空虚的心痛苦地叫吼着，这样的吼声要叫彻人间。

1930 年

哑了的三角琴

父亲的书房里有一件奇怪的东西。那是一只俄国的木制三角琴,已经很破旧了,上面的三根弦断了两根。这许多年来,我一直看见这只琴挂在墙角的壁上。但是父亲从来没有弹过它,甚至动也没有动过它。它高高地挂在墙角,灰尘盖住它的身体。它凄惨地望着那一架大钢琴,羡慕钢琴的幸运和美妙的声音。可是它从来不曾发过一声悲叹或者呻吟。它哑了,连哀诉它过去生活的力量也失掉了。我叫它做“哑了的三角琴”。

我曾经几次问过父亲,为什么要把这个无用的东西挂在房里。父亲的回答永远是这样的一句话:“你不懂。”但是我的好奇心反而更强了。我想我一定要把这只三角琴弄下来看看,或者想法使它发出声音。但是我知道父亲不许我这样做。而且父亲出门的时候总是把书房锁起来。我问狄约东勒夫人(管家妇)要钥匙,她也不肯给我。

有一天午后父亲匆忙地出去了,他忘记锁上书房门。狄约东勒夫人在厨房里安排什么。我偷偷地进了父亲的书房。

哑了的三角琴苦闷地望着我。我不能忍耐地跑到墙角,抬起头仔细地看它。我把手伸上去。但是我的手太短了。我慢慢地拉了一把椅子过去,自己再爬上椅子。我的身子抖着,我的手也在打颤。我的手指挨到了三角琴,自己也不知道怎样地忽然缩回了手,耳边起了一个响声,我胆怯地下了椅子。

地上躺着那只哑了的三角琴,已经成了几块破烂的旧木板。现在它不但哑,而且永远地死了。这个祸是我闯下来的。我吓昏了,痴痴地立了一会儿,连忙把椅子拖回原处,便不作声地往外面跑。刚刚跑出书房门,我就撞在一个人的怀里。

"什么事情？跑得这样快!"这个人捏住我的两只膀子说。我抬起头看,正是我的父亲。

我红着脸,不敢回答一句话,又不敢挣脱身子跑开,就被父亲拉进了书房。

三角琴的尸首静静地躺在地上,成了可怕的样子,很显明地映在我的眼睛里。我掉开了头。

“啊,原来是你干的事!我晓得它总有一天会毁在你的手里。”父亲并不责备我,他的声音很柔和,而且略带悲伤的调子。父亲本来是一个和蔼的人,我很少看见他恶声骂人。可是我把他的东西弄坏以后,他连一句责备的话也没有,却是出乎我的意料之外了。

他放了我,一个人去把那些碎木板一片一片地拾了起来细看,又小心地把它们用报纸包起来,然后慎重地放到橱里去。

他回到书桌前,在那把活动椅上坐下,头埋在桌上,不说一句话。我很感动,又很后悔,我慢慢地走到他的身边,抚摩他的膀子。我说:“父亲,请你饶恕我。我并不是故意毁坏它的。”

父亲慢慢地抬起头。他的眼睛亮起来。“你哭了!”他抚着我的头发说,“孩子,我的好孩子!……我并不怪你,我不过在思索,在回忆一件事情。”他感动地把我紧紧地抱在怀里。

“父亲,你又在想念母亲吗?”

“孩子,是的。”父亲松了手回答说。他揩了一下眼睛,又加了一句话,“不,我还在想一件更遥远的,更遥远的事情。”

他的眼睛渐渐地阴暗起来。他微微地叹息了一声,又抚着我的头说:“这跟你母亲也有关系。”

我在两岁的时候便失掉了母亲,母亲的音容在我的记忆中早已消失了。只有书房里壁炉架上还放着母亲的照相,穿着俄国女人的服装,这是在圣彼得堡摄的;我就是在那个地方出世,我的母亲也就是死在那里。

这些都是父亲告诉我的。这一两年来每天晚上在我睡觉以前父亲总要向我讲一件关于母亲的事,然后才叫狄约东勒夫人带我去睡。关于母亲的事我已经听得很多了。我这时便惊讶地问:“父亲,怎么还有关于母亲的事情我不知道的?”

“孩子,多着呢,”父亲苦笑地说,“你母亲的好处是永远说不完的……”

“那么快向我说,快说给我听,”我拍着父亲的双膝请求道,“凡是跟母亲有关的话,我都愿意听。”

“好,我今晚上再告诉你罢,”父亲温和地说,“现在让我静静地思索一下。你出去玩玩。”他把我的头拍了两下,就做个手势,要我出去。

“好。”我答应一声,就高高兴兴地出去了,完全忘记了打碎三角琴的事情。

果然到了晚上,用过晚餐以后,父亲就把我带到书房里面去。他坐在沙发上,我站在他面前,靠着他的身子听他讲话。

“说起来已经是十多年前的事了,”父亲这样地开始了他的故事,他的声音非常温和,“是在我同你母亲结婚以后的第二年,那时你还没有出世。我在圣彼得堡大使馆里做参赞。

“这一年夏天，你母亲一定要我陪她到西伯利亚去旅行。你母亲本来是一个活泼好动的女子。她爱音乐，又好旅行。就在这一年春天她的一个好友从西伯利亚回来，这位女士是《纽约日报》的记者，到西伯利亚去考察监狱制度。她在我们家里住了两天。她向你母亲谈了不少西伯利亚的故事。尤其使你母亲感到兴趣的，是囚人的歌谣。你母亲因为这位女士的劝告和鼓舞，便下了到西伯利亚去采集囚人歌谣的决心。我们终于去了。

“我们是六月里从圣彼得堡出发的，身上带着监狱与流放部的介绍信。我们在西伯利亚差不多住了半年。凡是西伯利亚的重要监狱与流放地，我们都去看过了。

“这不是一件容易的事。在流放地还容易听见流放人的歌声。在监狱里要听见囚人的歌声却很难。监狱里向来绝对禁止囚人唱歌，犯了这个禁例，就要受严重的处罚。久处在这样的环境之下，连本来会唱歌的人也失掉了唱歌的兴致。况且囚人从来就不相信禁卒，凡是禁卒叫他们做不合狱规的事，他们都以为是在陷害他们。所以每次禁卒引着我们走进一间大监房，向那些囚人说：‘孩子们，这位太太和这位先生是来听你们唱歌的。你们随便给他们唱一两首歌罢。’那时候他们总是惊讶地望着我们，不肯开口。如果他们给逼得厉害了,他们便简单地回答说:‘不会唱。’任是怎样强迫,都没有用处。一定要等到我们用了许多温和的话劝他们,或者你母亲先给他们唱一两首歌,他们才肯放声唱起来。这些歌里面常常有几首是非常出色,非常好的。例如那首有名的《脚镣进行曲》与《长夜漫漫何时旦》,便是我们此行最好的成绩。你母亲后来把它们介绍到西欧各国和美洲了。但是可惜这样的歌我们采集得不多。

“这些囚人大部分是农民,而俄国农民又是天生的音乐家。他们对音乐有特殊的爱好。在他们中间我们可以找出一些人,只要给他们以音乐的教育,他们就能够成为音乐界的杰出人物。我们在西伯利亚就遇到一个这样的人。我们第一次听见的《长夜漫漫何时旦》便是从他的口里唱出来的。

“这是一个完全未受过教育的青年农人,加拉监狱中的囚犯。我还记得那一天的情形:我们把来意告诉狱中当局的时候,在旁边的一个禁卒插嘴说:‘我知道拉狄焦夫会唱歌。’典狱便叫他把拉狄焦夫领来。

“拉狄焦夫来了,年轻很轻,还不到三十岁。一对暗黑的大眼,一头栗色的细发,样子一点也不凶恶,如果不是穿着囚衣,戴着脚镣,谁也想不到他是一个杀人犯。他站在我们的面前,胆怯地望着我们。

“‘拉狄焦夫，我听见人说你会唱歌，是不是？’典狱问。

“他微笑了一下，温和地答道：‘大人，他们在跟我开玩笑……很久以前，我还在地上劳动的时候，我倒常常干这种事情。现在完全忘掉了。’

“‘你现在不想试一试吗？’典狱温和地问，‘这两位客人特地从远道来听你唱歌。不要怕，他们不是调查员，他们是音乐家。’

“这个囚人的暗黑的眼睛里忽然露出了一线亮光，似乎有一种快乐的欲望鼓舞着他。他稍微迟疑了一下就坦白地说：‘我还记得几首歌，在监狱里也学到了一两首。既然你大人要我唱，我怎么好拒绝呢？’

“听见这样的话，我们大家都很高兴，你母亲便问道：‘你现在可以唱给我们听吗？’

“他望了望典狱，然后望着你母亲，略带兴奋地说：‘太太，没有乐器，我是不能够唱歌的……如果你们可以给我一只三角琴，那么……’

“‘好，我叫人给你找一只三角琴来，’典狱接口说，‘你明天到这里来拿好了。’

“‘谢谢你，大人。’拉狄焦夫说了这句话以后，就被带出去了。

“第二天我们到了监狱，禁卒已经找到了一只旧的三角琴。典狱差人把拉狄焦夫叫了来。

“他现在很疲倦的样子，拖着沉重的脚镣，一步一步地走进来，很觉吃力。可是他看见桌上那只三角琴，眼睛立刻睁大起来，脸上也发了光。他想伸出手去拿，但是又止住了。

“‘拉狄焦夫，三角琴来了。’典狱说。

“‘你大人可以允许我拿它吗？’他胆怯地问。

“‘当然可以。’典狱说。禁卒就把琴放在拉狄焦夫的手里。他小心地接着，把它紧紧地压在胸上，用一种非常亲切的眼光看它。他又温柔地抚摩它，然后轻轻地弹了几下。

“‘好，你现在可以唱给我们听了！’你母亲不能忍耐地说。

“‘我既然有了三角琴，又为什么不唱呢？’他快活地说，‘可是这几年来我不曾弄过这个东西了。最好我能够先练习一下，练习三天……太太，请你允许我练习三天。那时候我一定弹给你们听，唱给你们听。’他的一双暗黑的大眼里露出了哀求的表情。

“我们有点失望，但是也没有别的办法。我只得附耳同典狱商量。典狱答应了这个囚人的要求。拉狄焦夫快活地去了，虽然依旧拖着脚镣，依旧被人押着。

“三天以后，用过了午饭，我们又到监狱去，带着铅笔和笔记本。典狱把我们领到办公室隔壁一间宽大的空屋子里，那里有一张小小的写字台，是特别为你母亲设的。

“囚人带进来了。两个带枪的兵押着他。我们让他坐下。一个禁卒坐在门口。

“拉狄焦夫把三角琴抱在怀里，向我们行了一个礼，问道：‘我现在可以开始吗？’

“‘随你的便。’你母亲回答。

“他的面容立刻变得庄严了。这时候秋天的阳光从玻璃窗射进屋子里，正落在他的身上，照着他的上半身。他闭着眼睛，弹起琴弦，开始唱起来。他唱的是男高音，非常柔和。初唱的时候，他还有点胆怯，声音还不能够完全听他指挥。但是唱了一节，他似乎受到了鼓舞，好像进到了梦里一样，完全忘掉了自己尽情地唱着。这是西伯利亚流放人的歌，叫做《我的命运》。这首歌在西伯利亚很流行。但是从没有人唱得有他唱得这么好听。

“一首歌唱完了，声音还留在我的耳边。我对你的母亲小声说：‘这个人真是天生的音乐家！’她也非常感动，眼睛里包了泪水。

“尤其使人吃惊的是那只旧的三角琴在他的手里居然弹出了很美妙的声音，简直比得上一位意大利名家弹的曼陀林。这样的琴调伴着这样的歌声……在西伯利亚的监狱里面！

“他的最后一首歌更动人，那就是我方才说过的《长夜漫漫何时旦》。我完全沉溺在他的歌中的境地里了，一直到他唱完了，我们才醒过来。我走到他的面前，热烈地跟他握手，感谢他。

“‘请你设法叫典狱允许我把这只琴多玩一会儿，’他趁着典狱不注意的时候，忽然偷偷地对我说，‘最好让我多玩两三天。’

“我去要求典狱，你母亲也帮忙我请求，可是典狱却板起面孔说：‘这是绝对不可能的。我已经为你们破过一次例了。再要违犯狱中禁例，上面知道了，连我也要受处罚。’他一面又对拉狄焦夫说：‘把三角琴给我。’

“拉狄焦夫紧紧抱着琴，差不多要跪下地哀求道：‘大人，让我多玩一些时候罢，一天也好，半天也好……一点钟也好……大人，你不懂得……这生活……开恩罢。’他吻着琴，像母亲吻孩子一样。

“‘尼特加，把三角琴给我拿过来！’典狱毫不动心地对禁卒说。

“禁卒走到拉狄焦夫面前，这个囚人的面容突然改变了：两只眼睛里充满着血和火，脸完全成了青色。他坚定地立着，紧紧抱着三角琴，怒吼道：‘我决不肯放弃三角琴。无论谁，都把它拿不去！谁来，我就要杀谁！’

“我们，你母亲和我，都吓坏了，不知道会有什么样的结果。

“典狱一点也不惊惶，他冷酷地说：‘给他夺下来。’

“他这时候明白抵抗也没有用了,便慢慢地让三角琴落在地上,用充满爱怜的眼光望着它,忽然倒在椅子上低声哭起来。他哭得异常凄惨,哭声里包含着他那整个凄凉寂寞的生存的悲哀。这只旧的三角琴的失去,使他回忆起他一生中所失去的一切东西——爱情、自由、音乐、幸福以及万事万物。他的哭声里泄露了他无限的悔恨和一个永不能实现的新生的欲望。好像一个人被抛在荒岛上面,过了一些年头,已经忘记了过去的一切,忽然有一只船驶到这个荒岛来给了他一线的希望,却又不顾他而驶去了,留下他孤零零地过那种永无终结、永无希望的寂寞生活。

“我们听见他的哭声,心里很不安,因为这一切都是我们夫妇引起来的。我们走到他面前,想安慰他。我除了再三向他道谢外,还允许送他十个卢布。

“他止了泪,苦笑地对我说:‘先生,我不是为钱而来的。只请你让我再把三角琴玩一下,——只要一分钟。’

“我得到了典狱的同意,把琴递给他。他温柔地抚弄了一会儿,又放到嘴唇边吻了两下,然后叹了一口气,便把它还给我。他口里喃喃地说:‘完了,完了。’

“‘我们不能够再帮忙你什么吗?’你母亲悲声地问,我看见她还在揉眼睛。

"'谢谢你们。我用不着什么帮助了,'他依旧苦笑地说,'不过你们回去的时候,如果有机会走过雅洛斯拉甫省,请你们到布——村的教堂里点一支蜡烛放在圣坛左边的圣母像前,并且做一次弥撒祝安娜·伊凡洛夫娜的灵魂早升天堂。'说到安娜这个名字,他几乎又要哭了出来,但是他马上忍住了。他向我们鞠了一个躬,悲声地说:'再会罢,愿上帝保佑你们平安地回到家里。'

"门开了,两个兵把他押了出去;脚镣声愈去愈远。一切回到平静了。刚才的事情好像是一场梦,但是我们夫妇似乎都饮了忧愁之酒。你母亲紧紧地握着我的手。

"'这个拉狄焦夫是怎样的一个人?'我凄然地问。

"'谁知道!'禁卒耸了耸肩头说,'他的性情很和顺,从来不曾犯过狱规。无论你叫他做什么事情,他总是服从,永远不反抗,不吵闹,不诉苦。可是他不爱说话,很少听见他跟谁谈过话。所以我简直没法知道他是个怎样的人。总之,他跟别的囚犯不同。'

"'那么他犯的是什么罪呢?'你母亲接着问。

"'事情是很奇怪的。在雅洛斯拉甫省的布——村里,有一天教堂中正在举行婚礼,新郎是一个有钱的中年商人,新娘是本村中出名漂亮的小家女子。一个青年男子忽然闯进来,用斧头把站在圣坛前面的新娘、新郎都砍倒了。新娘后来死了,新郎成了残废。

凶手并不逃走，却丢了斧头让别人把他捉住。他永远不肯说明他犯罪的原因，也不说一句替自己辩护的话，只是闭着嘴不作声。他给判了终身惩役罪，也不要求减刑。从此他的口就永远闭上了。他在这里住了这些年，我从来没有听见他像今天这样说了这么多的话。他的事情，只有魔鬼知道！'禁卒一面说，一面望着桌上的三角琴，最后又加了一句，'三角琴也弄坏了。'

"你母亲就花了一点钱向禁卒买来了三角琴。她把它带回圣彼得堡。我们以后也没有机会再看见拉狄焦夫。我们临去时留在典狱那里的十个卢布，也不知道他究竟收到没有。

"说来惭愧，我们所答应他的事并不曾做到。雅洛斯拉甫省的布——村，我们始终没有去过。第二年你母亲生了你，过了两年她就离开了这个世界。她临终时还记住她允许拉狄焦夫的蜡烛和弥撒，她要我替她办到，她要我好好保存着这只三角琴，以便时时记起那个至今还不曾实践的诺言。可是我不久就离开了俄国，以后也就没有再去过。

"现在你母亲睡在圣彼得堡的公墓里，三角琴挂在墙上又被你打碎了，而雅洛斯拉甫省布——村的教堂里圣母像前那支蜡烛还没有人去点过，为安娜做的弥撒也没有人去做……孩子，你懂得了罢。"

父亲说话的时候常常抚摩我的头发。他说到最后露出痛苦的样子,慢慢地站起来,走到钢琴前面,坐在琴凳上,揭开钢琴盖子,不疾不徐地弹着琴,一面唱起歌来。这首歌正是《长夜漫漫何时旦》。我从来没有像这样地感动过。父亲的声音里含得有眼泪,同时又含得有无限的善意。我觉得要哭了。我不等父亲唱完便跑过去,紧紧地抱着他,口里不住地唤道:“我的好爸爸!……我的唯一的善良的父亲!”

父亲含笑地望着我,问:“孩子,怎样了?”我从模糊的泪眼里看见父亲的眼角也有两颗大的泪珠。“啊,父亲,你哭了!”我悲声叫道。

父亲捧起我的头,看着我的眼睛,温和地说:“孩子,你也哭了。”

1930 年

墓　园

我以偶然的机会来到这个古城。我以前没有到过这个地方。但是短短的两个多月的居住使我熟悉了周围的一切。我并不觉得自己在这里是一个陌生的人。

我的性情随和，无论是繁华的都市或者僻静的乡村，我都可以安静地住下去。虽然人还在青年，但是在气质上与经验上都跟一般的年轻人不同，自己以为已经看得多，知道得多，对于任何事情差不多都是淡然处之，争胜好动的心思也是非常之淡。所以在这个古城里我也可以住到两个月以上，并没有厌倦的心思。

我住的地方是再静寂不过的。隔壁便是一个墓园。我的房间在楼上，从开着的窗户望出去，正看见那两排不很高的桦树，和许多排白木的十字架。短短的墙上生着常春藤，永远带着丰富的生命活着，跟那些灰白色的石棺放在一起，反倒给人一种阴森可怕的印象。

秋天，常常起风，尤其是在夜里，因为静寂，所以人更容易听见风声。一刮风，桦树叶便不住地颤抖，发出忧郁的细语。如果是在深夜，我便觉得那些安睡在坟墓中的人醒过来了。他们在互相叙述各人生前的故事。风带着落下的桦树叶敲我的窗，使我从梦中醒过来，这样的事是有过的。我听见桦树叶的私语因而做了凄凉的梦，这样的事也是有过的。但是我并没有恐怖的感觉。这一切都好像是我平静生活中的点缀。我埋头在书堆里，或者跟房东夫妇闲谈，再不然便是到墓园里散步。

房东夫妇住在楼下，年纪都在五十以上了。他们和平地生活着、劳动着，生活的必需品都是自己制造的。他们自己种菜、烘面包。他们每个星期到市上去两次，买些零碎的东西回来。他们没有儿女，但似乎并不感到寂寞。他们互相爱着，便是在老年，他们也是活泼健壮，跟年轻人差不多，也许我还不及他们。我的伙食便由他们供给，我和他们处得很好，他们把我当做一家人看待，我常常充满了感激地承受他们的照拂。

除了房东夫妇外，在这附近我还认识一个人，便是那个管墓园的老头儿。他的年龄据说跟房东夫妇的相差不远。可是他显得十分衰老，头发全白，而且头顶已经光秃了，背弯着，腿也不很活动，走路不大方便。他每天除了打扫地上和墓上的落叶外，似乎就没有别的事可做。我常常看见他一个人坐着晒秋天的太阳。两只眼睛呆呆地望着一片绿茵茵的常春藤，好像在回忆失去了的青春，重温神奇美妙的幻梦。他一个人可以在那里坐许久，动也不动一下。我很同情他，因为我看见他是那样地无依无靠，而且也知道他不久就要躺在石棺里，跟那些被他照应的墓中人为邻。他不喜欢说话，我们虽然时常见面，但是很少谈过三句话以上。有几次即使我想对他说几句安慰的话，但是看见他望着我沉默不语的神情，我的话总是到了口而被噎住，自己也不知道是什么缘故，也许是害怕因此引起他什么凄凉的回忆罢。我自己屡屡拿这样的话来解释。

墓园里共有三十九座坟，再加一个便凑成四十的整数，——这也许是偶然的巧合罢。但是我每次想到这个，对管墓园的老人就起了怜悯心。我甚至做过另一个不认识的健壮的老人来照管这个墓园的梦，那时候不用说左边墙角的小块空地上添了一座新的石棺。然而这只是梦。墓园里现在依旧只有三十九座坟，都是我所熟悉的，我认识它们犹如认识我的朋友。

睡在墓里的有军人，有工人，有学生，也有农人。每个墓上的几行字说明了各人的身世。从其中十几座坟上的字句看来，我知道那里面的人都不曾活过三十岁，有一大半的人是死于战争的。

他们的墓上都刻得有这样的一句话:“自从你的眼睛永闭了以后,我们的眼睛就没有干的时候了。”这句充满了感情的话,使我很感动。

一天傍晚,我进了墓园,管墓园的老人俯着身子,在打扫地上的落叶。他的背微微地动着,没有气力地抓着扫帚,一面扫,一面喘气。后来他停了帚,立在一座墓前,呆呆地望了一会儿,又拖起扫帚走到邻近的一座坟前,然后又走向第三座坟。我对他说了一声:“晚安。”他不回答,也不掉过身子来看我。我默默地跟着他。他这样看了十多座坟以后,才转过身来。他垂着眼皮,脸上挂了几滴泪珠。他哭了。我又好奇又感动,连忙走上前去紧紧地握着他的一只手,激动地问:“什么事?请你告诉我是什么事!”

“没有什么事。”他依旧垂着头回答。

“那么你为什么哭?这些坟跟你有什么关系?”我激动地问道。

“我在哭——我的学生。”他的声音呜咽着。他抬起头,迟钝的眼光穿过眼泪射在我的脸上,“他们都是我所爱的学生,而且跟你一样,都是很健壮的青年啊。”

“真的,你们年轻人都是一样地可爱啊!”他停了一下又接下去说,“……我见过不少的年轻人了……这里面洛伯尔、居乐美都是很出色的孩子,还有向培诺,从前在学校里的时候,门门功课都考第一,我们都说他将来一定是个了不起的人物……还有德利叶,他很有文学的天才，写诗写得很不错，很有希望做一个大诗人……还有那许多的孩子……”眼泪还留在他的脸上，脸上似乎罩着一层淡淡的光辉，他仿佛进入了梦幻的境界，他在回忆过去的日子。我呆呆地望着他。他的脸忽然阴沉起来，他声音悲苦地说：“可是他们如今都睡在这里面了……徒然给了人们一个永不能实现的希望……他们被逼着抛弃了自己的志愿，在战场上断送了性命，在像你这样的年纪……说是为了法国。现在他们都睡在这里了，人们很快地就忘掉了他们……他们，我的这些学生……我爱过他们，我把我的知识尽量传给他们，希望他们做一个比我更有用的人，做出更多更大的事情……是的，我辛辛苦苦地教过他们，我热烈地爱过他们。可是别人把他们给我夺走了……甚至不等我做完我的工作，尽了我的责任……更不必说让他们做他们的工作，尽他们的责任……现在他们死了，就没有人记起他们的姓名了，让他们躺在这里，听桦树的凄楚的哭诉……我老了，不能够做什么了。我又是独身，没有家，所以我到这里来……因为我教过他们，爱过他们，所以我要来陪伴他们，安慰他们……照应他们啊！……”他说到这里，又抽泣起来了。

这时候月亮已经升上天空，月光穿过桦树枝叶，在我们两人的头上洒下一些光明的斑点。因为他停止了说话，我才注意到夜早已来了。

夜晚的空气柔和地包围着我们。老人的抽泣声逐渐低下去。虫鸣声却高起来了。我紧紧地靠着他,但是我找不到一句安慰他的话。后来还是他说:"我只顾说话,连时候早晚也忘记了……今晚上话说得太多,我这一年来都不曾说过这样多的话……你回去吧。我要睡了。"

我把他扶进他的房里,等他在床上睡好了,我才掩了门出来。

第二天我又看见那个老人照常地工作。我招呼他,跟他说话。可是他除了点头外,并不回答,也不提起前一晚上的事情。而且从此以后,他的嘴又闭起来了。我屡次想问他,总是话到了口边又噎下去了,我疑心那晚上的事情是不是一场梦。

他的身体虽是那样衰弱,但是他依旧一天一天地照常活下去。我也照常去到墓园。可是他每次看见我,总要把我望几眼,总是那同样的眼光。他虽然不说话,但是我也明白他的意思。他是在说:"你这样年纪轻轻,不到外面去做事,却躲在这个墓园里,给死人做伴侣——真不应该!"或者"别人是没有机会,而你是有了机会,却拿来浪费掉。——你这浪费者啊!"

1931 年

亚丽安娜

星期六早晨我从图书馆回来，走到旅馆门口，遇见亚丽安娜，她说："我留了一个信给吴。"她跟我握了手，不再说什么便匆忙地走了。

我进了旅馆，在放钥匙的地方发见亚丽安娜的信，便带了它上楼，先到吴的房间。钥匙在门上锁孔里。我不敲门就进去。吴穿着他那件玄青缎子的中国皮袍端坐在小圆桌旁边，专心地读书。

"怎么？你在家！"我惊讶地问，"亚丽安娜来，怎么没有看见你呢？"

"亚丽安娜？什么时候？"吴放下书站起来，"我并没有离开过这间屋子！"他疑心我在跟他开玩笑。

"我刚刚在下面遇见她，她好像来找过你似的。"我正经地说。

吴马上跑到窗前，伸出头去望下面的街。

"她已经走远了，"我在后面拍着他的肩膀含笑说，"我知道你近来喜欢她，你不怕杭可拿手枪打你吗?"

"杭可早就不跟她在一起了，"吴笑答道，"她对我说过她并不爱杭可，杭可不过是她的许多同志中间的一个。"

"那么她对你的态度怎样?"

"我不过……"

"不过是她的许多同志中间的一个。"我连忙接口说。

"不错，"吴忽然大笑起来，"我不过是她的许多同志中间的一个……"吴迟疑了一下，又加了一句话："而且她生得并不漂亮。"

"但也不丑。我爱她的勇敢，我爱她的坦白。"

"我最爱她的……这个我现在不告诉你。"吴得意地说。吴素来爱卖弄玄虚，说话每说到重要的地方便住了口，使人忍不住好奇心，一定要听下去，但是他无论如何不肯再说。我最不满意他这个脾气，我屡次想对他报复都没有成功。

"她刚才给了我一封信……这是不能够给你看的。"我从袋里摸出信来，故意在他的眼前晃一下。

"给我。"吴伸过手来拿。

"为什么要给你? 你知道是写给谁的?"

"自然是写给我的。"吴毫不迟疑地说。

"不,这是写给我的!"我做出得意的样子。

"我不相信,你跟她没有交情。"吴摇头说。

"难道除了私人感情以外,她就没有话可以谈吗?"我说了便把信放回在衣袋里。

"她绝不会单写信给你不给我的……快把信给我!"吴有点着急了。

"这样说来,亚丽安娜岂不成了你的专利品吗?"我大笑起来,"好,给你罢,我没有话可说了。"我便把信取出来给了他。

吴听见我的话也笑了。他接过了信,一面拆,一面说:"不要老是这样地开玩笑,外国女人跟中国女人不同,她们并没有那种小家子气,不怕人拿她们开玩笑。"

"快读信罢,你的这种中外妇女优劣论我已经听够了。"我又忍不住笑了。

我不等他读信就走开了。

二十多分钟以后有人在敲门。

"进来。"我不注意地说。

进来的是吴,他已经换好了衣服,脸上笼罩着一片愁云。他那双自以为女人见了就要软骨的眼睛里射出来忧郁的光。他咬着嘴唇皮，不说话。

“什么事?”我笑着问，“亚丽安娜信里有什么话使你不高兴吗?”

“她被驱逐了!”吴愤激地、绝望地摊开两只手。

驱逐了！这几个字向我的头打来，像鞭子一样。我的心情马上改变了。

“她马上就走吗?”我痛惜地叫起来，我后悔先前在下面遇见她时没有拉住她。

“不，还有三天的期限……我马上去看她……你看这封信。”吴从衣袋里摸出一张信纸交给我，便出去了。

一张小小的信纸上面写着几行工整的法文：

> 亲爱的吴——因为国际大会的事，我和杭可五个人都被驱逐了。他们已经离开了巴黎，只有我的期限是三天。你知道我在巴黎还有许多事要做，所以不来跟你详谈。华沙城的景象还在我的眼前，虽然危险在那里等着我，但是我要回到那里找生命去。别了。愿你快乐，并望你给我一样东西作为纪念，我再没有机会回到巴黎来了。
>
> 你的亚丽安娜

我反复地读着信，感到一颗温柔的女性的心在纸上跳动。在这些简单平淡的话里我看出了一种斯拉夫女性所特有的深情。我觉得要哭了，但这不是因为悲哀。一种欲望在我的胸中活动，我的思想在远方，在广大的草原，在浓密的树林，在寒冷的村落。我想在那里人们该可以自由地生活，自由地享乐，自由地爱罢。在那里一定是充满着生命的。我要到那里去。然而华沙的热闹的街市的景象遮住了这一切。我似乎从幻梦中醒过来又回到了现实的生活里。

我手里还拿着信笺，我知道亚丽安娜要回到华沙找生命去了。不知道为什么缘故我忽然觉得寂寞起来，心里燃烧着不能实现的欲望。我到什么地方去找生命呢？在无可奈何之中我把亚丽安娜的信揣在怀里，无精打采地走出去用午餐……

到了晚上十点钟，吴还不曾回来。我熄灯睡了。不知道在什么时候我被脚步声惊醒了。

月光从开着的窗照进来，映在我的床的另一端，吴靠着床栏杆立着，背向着月光。我看不清楚他的脸。他的上半身的影子映在我的被单上。

“多么好的月光！”我这样地赞道，“吴，什么时候了？你还不去睡?”过了片刻我向吴问道。

“已经敲过一点钟了,”他的声音颤抖着,“我实在不想睡,我不能够睡。”我从来不曾看见他这样地激动过。

“吴,你有什么事?”我诧异地问,“你见到了亚丽安娜吗? ……她什么时候走?”

“我在伊达家里看见了她。我和她同到霞微尔去,帮她收拾好了东西,在她家里吃了晚饭。我们谈了许多话,我们同到附近树林里去散步。她在一道小溪旁边洗她的头发,”吴做梦似地说,“啊,我从没有看见这样美丽的头发! 黄澄澄的金丝发全披下来垂到肩上,非常细密,非常柔软。”吴似乎找不到适当的形容词,稍微停顿了一下。“她每说一句话,头一动,头发也飘动起来。我们后来走到一块草地上,便躺下来。我们的身子离得很近,渐渐地她的头往我的身上移,终于放在我的胸上,我抚摩她的细发,我又用嘴去亲它们。我们这时都不说话。月亮已经升到天空,草也染上了银白色。远远地有些灯光。偶尔还有一两对男女走过,他们在低声讲话,脚步下得很轻,并不会惊动我们。我觉得好像是在梦里,一切现实的苦恼都去远了。我忘记她是被法国政府下令驱逐的人。她也忘记了在她前面的华沙的危险生活。我们只是一对青年男女,正沉醉在青春的好梦里面。”

吴长长地嘘了一口气，用手抚着他那被月光洗着的乱发，又继续热烈地说下去："她忽然仰起头来，望着我的眼睛问道：'我去了，你就一点也不想我吗？'这时候我的激情被她唤起来了，我忍不住捧着她的脸狂吻起来。"

"这要怪你不好，要不是你今天早晨向我说那些话，我绝不会有这样的举动。"吴带笑地加了这一句。

"你应该感谢我才是。"我笑着回答。

"啊，这样好的月夜……一个少女的接吻……我怎么能够去睡？"吴叹息地自语道。"亚丽安娜！"他忘了自己地轻轻唤了两三声。

我也不想睡了。月光渐渐地爬上了我的身子。我索性坐起来，头正迎着月光，这清冷的光芒使得我的脑子突然清醒了。我的思想又在远方，在广大的草原、浓密的树林、寒冷的村落了。我幻想着在那里人们自由地生活，自由地爱。那是多么幸福的人生啊！我不住地望着月光出神。

"这一夜，我是永远不会忘记的，"为爱情所苦恼着的吴又继续地说，"她让我吻了许久，然后她告诉我：她也爱我，她很不愿意离开我，可是她却不得不去了，此去就是跟我永远分离了。她对我谈了许多事情。她说她还有一个母亲在华沙附近的一个村落里。她有一个姐姐比她大六七岁，因为参加革命运动被判罪监禁十五年，后来便发了狂死在监狱里面。她自己也受到波兰政府的通缉。在一个深夜，在村狗狂吠的时候，五六个宪兵来逮捕她，可是她先一个钟头得到友人的通知逃走了。这是两年前的事情……现在她又要回去了，要是她在华沙被人认出来，至少也有十五年的监禁罪。她后来终于哭了，她说这并不是在悲惜她自己的遭遇，她在为她故乡那般女工的命运哭，她在为她年老病弱的母亲哭。我替她揩干了眼泪，我吻着她的润湿的眼睛。我并不说什么安慰的话，我知道像她那样的女人是不能够用话来安慰的。我低声唱起革命歌来。她的悲哀逐渐消失了。压抑不住的热情鼓舞了她，她也唱着。我们都站起来，我抱着她的腰，慢慢地走着。我们走过一道小小的石桥，桥下的水嘶嘶流着，我们靠着石栏杆，望着巴黎城里耸立着的放出五色灯光变化万千的铁塔。她又絮絮地向我叙述她故乡的景物。我回来的时候，她把我送到车站。火车开了，我在车厢里还看见她披着一头灿烂的金发直立在月光里，像一座优美的石像……”

吴掉转身子迎着月光，让清辉洗着他的脸。他沉醉似地赞道：“这样好的月光！”他痴痴立着，动也不动一动。

我自己也被感动了。看见平日极其“实际的”吴居然也这样充满诗意地赞美月光，我并不想笑，我只想流泪，因为我感到了人间的缺陷，因为我想向他表示在这一刻我确实是真挚地与他同感的。

“吴，快去睡罢，已经很迟了。”我诚恳地说。

“在月光下面，一个少女的接吻，少女的眼泪……我怎么能够去睡？……金，你还不了解我吗？”吴激动地说。

是，他说得不错，我也不能够睡了。

“我下了火车，不想回到家里，我走到赛纳河岸边，”吴又忘了自己地说下去，“我的心热得厉害，我觉得胸里有满腹的话要找一个人来听我倾诉。车辆渐渐地稀少了，月亮在河里浮沉。我迎着圣母院的两个高耸的钟楼前进。我忽然记起了巴黎公社时代曾经有人在那里发现埋在地窖里的被教士奸污后杀害的几百个贞女的尸体。我在一本书里读过这样的记载。我可怜她们，如同我可怜一切的女人。但是她们都不曾引动我的心。我一生不曾爱过女人，你们常常笑我无情，我自己也承认过。谁知道我遇见了亚丽安娜，她跟一般女人不同，她居然把我的整个心都拿去了。我爱她，我爱她！……”

我看见吴激动得太厉害了，快到了发狂的程度，想找些话来劝他。但是我自己也很激动，很难静下心来劝别人。最后我终于找到了适当的话：

“吴，你读过左拉的《萌芽》吗？”

“《萌芽》？是，我去年读过。”吴掉过头来惊讶地说。

“那么你不记得那里面赛威林的一句话？……‘我们不应该相爱，我们爱，我们就有罪了！’……”我把这句话的法文原文背了出来。

吴的脸色似乎变了，他口里喃喃地念着：“我们爱，我们就有罪了。”

“你既然明白了，那么，你为什么还不去睡？”我忍心再说了这一句。

“我们爱，我们就有罪了。”吴又念了两三遍。他忽然下了很大的决心说，“金，你有理，我去睡了。”他走到门口还立了片刻，赞叹了一声：“这样好的月光！”

屋子里又是异常清静了，月光照着我的脸。矛盾的思想来到我的脑子里。我不能够熟睡。我怜悯这个为爱情所苦恼的男子。我自问，我们爱，我们就果然有罪吗？我不能够答复这个问题。我起来关了窗，放下了窗帷，让黑暗来统治这个房间。

第二天早晨我起得很迟，吴已经出去了。这一天他回来得颇早。他并不跟我谈亚丽安娜的事，我也不曾问他，怕引起他的悲哀。

星期一午后我们在家里早早弄了晚饭吃。我正要到公园里去，吴忽然对我说："我们一起去送亚丽安娜好不好？她今晚上就要走了。"

"好。"我爽快地答应了一声。吴的提议正合我的意思。

我们走出了旅馆。

"到霞微尔去吗？"我问。

"不，她已经搬到城里来了，就在伊达家里。"吴答道。

走不到多远，就到了那条街，我们进了一家小旅馆，在四层楼上一间房门前吴突然站住了。他在门上敲了两下。

"进来。"一个女人的声音。

吴开了门，我们进去了。

亚丽安娜在这里，房里另外还有三个女郎，都是我在《星报》的聚餐会上见过的。一个穿青色衫子、一头黑发的少女，我知道她就是伊达，其余两个的名字我都忘记了。穿绿色衣服的那一个坐在桌子上，另外一个斜卧在床上，伊达坐在沙发上，亚丽安娜立在窗前。她们似乎在讨论什么问题。看见我们进来，她们都走过来跟我们握手。

我们坐下来，随便谈了一阵，后来谈到一些有趣的事，大家有说有笑，好像这是一个欢乐的集会，绝不像一场悲惨的送别。

时间过得很快，我们似乎都忘记了亚丽安娜的行期。她自己忽然摸出表来看，便说：“时候到了，我该走了。”

大家的脸色马上变得庄严了。伊达她们三人一个一个轮流地拥抱亚丽安娜，在她的脸颊上左右吻了两下。每人都说了几句话，我不知道她们说的是波兰话，抑或是俄国话。因为这两种话我都不懂。亚丽安娜把两个提包交给吴，我从吴的手里接过了一个较小的。我们先走出去了。亚丽安娜还在屋里说什么，最后终于匆忙地走出来，还高声叫着“再会”，这是用法文说的，声音异常温柔。

我们三个人一路上闲谈着，搭地道车到了北火车站。

车票早买好了。我们买了月台票，把亚丽安娜送到往柏林去的国际通车上。时间还早，没有多少客人，亚丽安娜占了一个靠窗的座位。

“这个东西你留着做纪念罢。”吴放好了提包，便从衣袋里摸出来一个小纸包交给亚丽安娜。

她惊喜地看了吴一眼，便拆开纸包，里面是一张吴的近影。这是美术照相，我以前并没有见过，一定是吴特别为她照的。

“谢谢你，”亚丽安娜十分欣喜地说，“我要把它永远保存着。”

吴痴痴地望着她，想说什么话，但是又不曾开口。

她明白了他的意思，便含笑地说：“我的，我到了那边一定寄给你。”……

车上客人逐渐增加，位子快满了，站丁在催送客的人下车。

“你们下去罢，车子快开了。”亚丽安娜对我们说。

我们跟她握了手，便下了车，走到她的窗下。她伸出头来同我们谈话。

车站上的小贩正走过旁边，我买了两块面包给她递上去，又买了一瓶汽水递给她，刚刚递到她的手里，车子就开始动了。

“谢谢你，”她含笑地说，“再会。”

车子慢慢地把她载走了，我们不住地挥着帽子，直到看不见她的头为止。

我痴痴地立在月台上。我不想回家，我的心好像跟着她走了。

“金。”有人在拍我的肩头叫我的名字。我回过头看，吴立在我的背后，他的眼角各缀着一颗大的泪珠。“回去罢，我不能够支持下去了。”他有气无力地说。

我埋下头默默地跟着他走回旅馆去。

1931 年

马赛的夜

马赛的夜。

我到马赛这是第二次,三年以前我曾到过这里。

三年自然是很短的时间,可是在这很短的时间里我却看见了两个马赛。

宽广的马路,大的商店,穿着漂亮衣服的绅士和夫人,大的咖啡店,堂皇的大旅馆,美丽的公园,庄严的铜像。我到了一个近代化的大都市。

我在一个大旅馆吃晚饭。我和两个朋友占据了一张大桌子,有两个穿礼服的漂亮茶房伺候我们。我们问一句话,他们鞠躬一次。饭厅里有乐队奏乐。我们每个人点了七八十个法郎的菜,每个人给了十个法郎的小账。我们从容地走出来,穿礼服的茶房在后面鞠躬送客。

我们又到一家大咖啡店去,同样地花了一些时间和一些钱。我们在“多谢”声中走了出来。我们相顾谈笑说:“我们游了马赛了。”心里想,这毕竟是一个大都市。

于是我们离开了马赛。三年以后我一个人回到这里来。我想马赛一定不会有什么变化。而且我把时间算得很好,我不必在马赛住一夜。我对自己说:“我第一晚在火车上打盹,第二晚就会在海行中的轮船上睡觉。”

然而我一到马赛,就知道我的打算是怎样地错误了。第一,我一下火车就被一个新认识的朋友引到了一个奇怪的地方,这个地方使我觉得我不是在马赛,或者是在另一个马赛;第二,同那个新朋友到轮船公司去买票,才知道今天水手罢工,往东方去的船都不开了。至于罢工潮什么时候会解决,办事人回答说不知道。

这样我就不得不住下了,而且是住在另一个马赛。至于在海行中的轮船上睡觉,那倒成了梦想。

于是我又看见了马赛的夜。

我住的地方是小旅馆内五层楼上一个小房间。

我吃饭的地方也不再是那堂皇的大旅馆,却是一家新近关了门的中国饭店。吃饭的时候没有穿礼服的茶房在旁边伺候,也没有乐队奏乐。我们自己伺候自己。

这并不是像纽约唐人街一类的地方,这的确是法国的街道。中国人在这里经营的商店,除我所说的这个饭店外,还有一家饭店,要那一家才算是真正的饭店。至于我在那里吃饭的一家,已经关了门不做生意,我靠了那个新朋友的介绍,才可以在那里搭一份伙食。而且起先老板还不肯收我的饭钱。

我每天的时间是这样地分配的:从旅馆到饭店,从饭店到旅馆——从旅馆到饭店,从饭店到旅馆。在旅馆里,我做两件事:不是读一本左拉的小说,就是睡觉,不论在白天、晚上都是一样。在饭店里我也做两件事:不是吃饭,就是听别人说笑话。吃饭的时间很短,听说笑话的时间很长。

从旅馆到饭店虽然没有多少路,可是必须经过几条街。我很怕走这几条街,但我又不得不走。路滑是一个原因:不论天晴或者下雨,路总是滑的;地上还凌乱地堆了些果皮和抛弃的蔬菜。街道窄又是一个原因:有的街道大概可以容三四个人并排着走;有的却是两个人对面就容易碰头的巷子;也有的较宽些,但是常常有些小贩的货车阻塞了路。我常常看见胖大的妇人或者瘦弱的姑娘推着货车在那里高声叫卖,也有人提了篮子。她们卖的大半是蔬菜、水果和袜子一类的用品。有一两次，卖水果的肥妇向我兜生意，可是我跟她刚把价钱讲好，她忽然带笑带叫地跑开了。跑的不止她一个人，她们全跑开了。街道上起了一阵骚动，但是很快地就变得较为宽敞、较为清静了。我很奇怪，不知道这个变化的由来。但是不久我就明白了。迎面一个警察带着笑容慢慢地走过来。他的背影消失以后，那些女人和货车又开始聚拢来。有时候抬起头，我还会看见上面晒着的红绿颜色的衣服。

还有一个原因我也应该提一下，就是臭。这几条街的臭我找不到适当的话来形容。有些地方在店铺门口摆着发臭的死鱼，有些地方在角落里堆着发酵的垃圾，似乎从来就没有打扫干净。我每次走过，不是捏着鼻子，就是用手帕掩鼻，我害怕会把刚吃进肚里的饭吐出来。

晚上我常常同那个新朋友在这些街道上散步，他带笑地警告我："当心！看别人把你的帽子抢了去！"我知道他的意思。我笑着回答："不怕。"不过心里总有点胆怯，虽然我很想看看帽子怎样会被人抢走。

我们走过一条使我最担心的街道。我看见一些有玻璃窗门的房子和一些挂着珠串门帘的房子。门口至少有一个妇人，大半很肥胖，自然也有瘦的，年纪都在三十以外；她们同样地把脸涂得又红又白，嘴唇染得鲜血一样地红；她们同样地有着高高地凸起的胸部和媚人的眼睛。

“先生，来罢。”尖锐的、引诱的、带笑的声音从肥妇的口里向我的脸上飞来。同时我看见她们在向我招手。

“怎么样？去吗？”那个朋友嘲弄地低声问我。

我看了那些肥妇一眼，不觉打了一个冷噤，害怕起来，便拉着朋友的膀子急急地往前面走了，好像害怕她们从后面追上来抢走我的帽子一样。我走过那些挂着珠串门帘的房子，里面奏着奇怪的音乐，我仿佛看见三四个水手抱着肥妇在那里喝酒。但是我也无心去细看了。

“你方才说过不怕，现在怎样了？”我们走出这条街以后，那个朋友嘲笑地说。

我这个时候才放心了。

“看你这个样子，我不禁想起我一个姓王的朋友的故事。”他说着就出声大笑。

“什么故事？”我略带窘相地问他。

“王，你也许认识他。他的年纪比你大，可是身材比你还小。”朋友开始叙述故事，他一面说，一面在笑。但是我并没有笑的心思。“他是研究文学的。他常常说歌德有过二十几个爱人，他却只有五个，未免太少了。其实他所说的五个，是把给他打扫房间的下女、面包店里的姑娘、肉店里的女店员都算在里面，这些女人跟他除了见面时说一声‘日安’外就不曾说过什么话。他说他应该找到更多的爱人，他说应该到妓院里去找。我们每次见面，他总要对我宣传他到妓院去谈恋爱的主张，他甚至赞美卖淫制度。然而他也只是说空话。我常常嘲笑他。有一天他得意地对我说，他要到妓院去了，我倒有点不相信，你猜他究意去了没有?”朋友说到这里突然发出这句问话来。

“他当然没有去。”我不假思索地回答。

“他如果没有去，那倒不奇怪了。他的确去了，而且是我陪他去的。”朋友得意地说，“他没有进过法国妓院，他不知道那里面的情形。我们到了那里。我声明我只是陪伴他来的，我就坐在下面等他。于是六七个肥胖的裸体女人排成一行，站在我们面前，让王选择。王勉强选了一个，在下面付了钱，跟着她上楼……不到十分钟，王下楼来了，脸色很不好看。他拉着我急急地走了出去。我惊奇地笑问他：‘怎么这样快就走了?’他烦恼地答道：‘不要提了，我回去慢慢对你说。’他垂着头，不再说一句话。”朋友说到这里，便住了口。

“你看这个，”他从衣袋里摸出一封信递给我说，“这是王今天寄来的,他还提到那件事情。”

这时我们走入大街,进了一个咖啡店。我在那里读了王的信。信里有这样的一段话:

……近来常常感到苦闷,觉得寂寞,精神仍然无处寄托,所以和几个朋友在一起谈话时总爱谈到女人。大家都觉得缺少什么东西。可是缺少的东西,却也没法填补。我们也只得耐心忍受苦闷。壮志已经消磨尽了。我也曾想把精神寄托在爱情上,但是又找不到一个爱我的女人……我也不再有到妓院去的思想了。用金钱买爱,那是多么可笑,多么渺茫啊!你不记得两年前我在马赛干的那件事吗?我当时还有一种幻想。谁知看见了那里的种种丑恶情形,我的幻想就马上破灭了。我和那个肥妇上了楼,进了她的房间,看见她洗净了身子。我没有一点热情,我只觉得冷。她走到我的身边。我开始厌恶她,或者还害怕她。她看见我这种笨拙的样子,便做出虚伪的媚笑引动我,但是并没有用。我的激情已经死了。结果她嘲笑地骂了我两句,让我走了。从那里出来,心上带走了无名的悲哀,我整整过了一个月的不快活的日子。自己也不知道是什么缘故。我在那里不但不曾得着预期的满足,反而得到了更大的空虚。那个肥妇的样子我至今还记得……

“你看，这就是那个以歌德自命的人的遭遇了！”朋友嘲笑地说。

我又想发笑，又不想发笑。我把信笺折好放在信封里还给他。

我们走过一家影戏院。名字很堂皇，可是门面却很小、很旧。一个木笼似的卖票亭立在外面。

“这样的电影院你一定没有去过，不可不进去看看。”朋友并不等我表示意见就去买了票，我看见他从衣袋里掏出了两个法郎。

“这样便宜的票价！”我想。我们就进去了。

一个小房间里放了二三十排长木凳，每排三张，每张可容五六个人。黯淡的天花板上挂了几盏不很明亮的电灯。对面一张银幕。没有乐队。每一个人走过，就使不平坦的地板发出叫声。房间里充满了烟雾和笑语，木凳上已经坐了不少的人。

我们在最后面的一排坐下，因为这一排的三张木凳都空着，而且离银幕较远，不会伤眼睛。朋友抬起眼睛向四处望，好像在找他认识的人。

他的眼光忽然停留在左边的一角。他的脸上现出了笑容。他把右手举起来，在招呼什么人。我随他的眼光看去，我看见了两个我见过的人。他们是一男一女。男的是中国人，戴便帽，没有打领带，穿一件半新旧的西装；黄黄的脸色，高的颧骨，唇边有几根胡须。他不久以前还在一只英国轮船上作工。右手的大指头被机器完全切断了。他的手医好以后公司给了他五十镑的恤金，把他辞退了。他到马赛来，打算住些时候回中国。我在饭店里见过他几次，所以认识他。女的，我也在饭店里遇见过。她是一个安南人。我不知道她怎样会流落到马赛来。关于她的事，我知道的，就是她跟饭店的老板似乎有一种神秘的往来；还有她属于街头女人一类的事，我也知道一点，因为在饭店里的笑谈中间，找"安南婆"要多少钱的话也常常听见。我看见她同断指华工在一起，这并不是第一次。

她跟他亲密地谈着（她会说广东话），两个头靠在一起。她忽然转过头来望着我的朋友笑。我看见她的黑头发，小眼睛，红白的粉脸，宽厚的红唇，充实的胸膛。她轻佻地笑着，的确像一个街头女人。

电灯突然灭了。

我花一个法郎的代价接连看了三张长片子。眼睛太疲倦了。灯光一亮我同那个朋友最先走了出去，并不管我们认识的那一对男女。

夜接连着夜，依旧是马赛的夜。

还没有开船的消息。罢工潮逐渐扩大了。许多货物堆积在马赛，许多旅客停留在马赛。

马赛凭空添了这许多人和货物，可是市面上并没有什么变动。其实变动倒是有的，不过陌生的我不知道罢了。我只看见过一次罢工者的游行。

夜来了，夜接连着夜。依旧是马赛的夜。

那饭店，那街道，那旅馆，那朋友，那些影戏院跟我发生了密切的关系。左拉的小说读完了，又放回到箱子里去。我不再读书了。

每晚从饭店出来，我总是跟那个朋友一起去散步。我们不得不经过那条使我最担心的街道。那些半老的肥妇照例对我们做出媚笑，说着欢迎的话。但是我已经不害怕她们了。

我们每晚总要到一家新的电影院去。所有马赛的电影院我们差不多都光顾过了。头等电影院我们自然也去，而且用学生的名义在那里得到了半价的优待。常常我们在劳动者中间看了电影出来，第二天晚上又换了比较漂亮的衣服到头等电影院去，坐在绅士和夫人们的中间，受女侍的殷勤招待。换衣服的事是那朋友叫我做的。他有过那样的经验，他曾经在头等电影院里买票受到拒绝。

在小的电影院里，我们常常遇见那个断指的华工和“安南婆”，他们总是亲密地谈笑着。

我们跟华工渐渐地熟悉了，同时跟“安南婆”也渐渐地熟悉了。我们跟他们遇见的地方有时在电影院，有时在饭店，时间总是在夜里。

另一个晚上我们照例在那个最小的电影院里遇见了“安南婆”。她跟平日一样地和男子头靠着头在谈话，或者轻佻地笑。可是男子却不是平时跟她在一起的断指华工，而是一个陌生的法国青年。她看见了我们，依旧对我们轻佻地笑，但是很快地又把头掉回去跟那个青年亲密地讲话了。

“安南婆有了新主顾了。”朋友笑着对我说。我点点头。

隔了一个晚上我们又到那个电影院去。在前面左角的座位上我又看见了“安南婆”和她的法国青年。她看见了我们，望着我们轻佻地笑。我们依旧没有找到断指华工的影子。

灯光熄了。银幕上出现了人影。贫困，爱情，战争，死……于是灯光亮了。

一个人走近我们的身边，正是我们几天不见面的断指华工。朋友旁边有一个空位，华工便坐了下来。他并不看我们，却把眼光定在前面左角的座位上。在那里坐着“安南婆”和她的法国青年。

“你为什么这两天又不同她在一起了？你看她找到了新主顾！”朋友拍着华工的肩膀说。

华工掉过了瘦脸来看我们。他的脸色憔悴，可是眼睛里射出来凶恶的光。

“不错，她找到新主顾了！她嫌我是一个残废人，我倒要使点手段给她看，要她知道我不是好惹的！”华工气愤地对我们说，声音并不高。

“这又有什么要紧？这也值不得生气！”朋友带笑地劝他道，“她们那般人是靠皮肉吃饭的。谁有钱就同谁玩，或者是你或者是他，都是一样。她又不是你的老婆，你犯不着生气。”

“你不晓得我待她那样好，她这个没有良心的。”华工咬牙切齿地说，“几个月以前法国军队在安南镇压了暴动，把那些失败的革命党逼到一个地方用机关枪全打死。这样的事三四年前也有过一次。她哥哥就死在那个时候，死在法国军人的枪弹下。现在她却陪法国人玩。这个法国人大概不久就会去当兵的，他会被送到安南去，将来也会去杀安南的革命党，就像别的法国军人从前杀死她哥哥那样……”他说不下去了，却捏紧拳头举起来，像要跟谁相打似的。可是这个拳头并没有力量，不但瘦，而且只有四根指头，大拇指没有了，只剩下一个可笑的光秃的痕迹。他又把拳头放下去，好像知道自己没有力量似的。我想他从前一定是一个强健的人，然而机器把力量给他取走了。

我并不完全同意华工的话，但是我禁不住要去看“安南婆”和她的法国青年的背影。他们是那样地亲密，使我不忍想象华工所说的种种事情。我几乎忘记了在这两个人中间的生意的关系，我几乎要把他们看作一对恋人。但是我又记起了一件事。那个青年的确很年轻，他不久就会到服兵役的年龄。他当然有机会被派到殖民地去，他也有机会去杀安南的革命党。华工方才所说的一切都是可能的。也许她还有一个哥哥，或者兄弟，也许这个法国青年将来就会杀死他，这也是很可能的。这样想着我就仿佛看见了未来的事情，觉得眼前这两个人在那里亲密地讲话也是假的。“华工的话完全对。”我暗暗地对自己说。但是我又一想，难道这时候我们就应该跑去把那两个人分开，对他们预言未来的事情吗？或者我们还有另外的避免未来事情的办法？

我起初觉得苦恼，后来又不禁哑然失笑了。我记起来他们只是两个生意人，一个是卖主，一个是顾客，关系并不复杂。我这时候才注意地看银幕，我不知道影片已经演到了什么地方。

电影演完，我们同华工先走出来。他本来想在门口等她，却被我们劝走了。我们同他进了一个咖啡店，坐了一些时候，听他讲了一些"安南婆"的故事。他的愤怒渐渐平息了,他时时望着他那只没有大拇指的手叹气。

我那朋友的话一定感动了他。朋友说:"你自己不也是拿她来开心吗?你不是说过一些时候就要回国去吗?那时候她终于要找别人的。她又不是你的老婆。你有钱,你另外找一个罢,街上到处都是。你看那里不就有一个吗?"说到这里他忽然举起手,向外面指。在玻璃窗外,不远处,一个女人手里拿了一把阳伞,埋着头在广场上徘徊,一个男人在后面跟着她。

我们跟华工分手的时候,那个朋友劝他说:"你把安南婆忘了罢,不要再为她苦恼。你只要再忍耐几天,她又会来找你的。"

"我不再要她了!"华工坚决地粗声说,就掉过头走了。我仿佛看见他的眼角嵌着泪珠。我不懂这个人的奇怪的心理。

隔了两个晚上我们又在另一家小影戏院里遇见了"安南婆"。这一次她走到我们跟前来,就坐在朋友的身边。她不再坐到前面去了,因为她是一个人来的。

"你一个人?"朋友用法国话问她。

她笑着点了点头,把身子靠近朋友。我不由得想:"她来招揽生意了。"

“你的法国朋友呢?”朋友嘲笑地问。

“不知道。”她耸肩地回答。

“从前那个中国朋友呢?”

“他是一个呆子,”她直爽地回答,没有一点顾忌,“他太妒忌了,好像我就是他的老婆一样。其实我只是做生意的人,谁都管不着我。谁有钱就可以做我的主顾。他太乏味了。我有点讨厌他……”

灯光突然熄了,使我没有时间问她关于她哥哥被杀的事,或者她究竟还有没有哥哥或者兄弟的事。我在看银幕上的人物和故事。金钱,爱情,斗争,谋杀……

从影戏院出来,我们陪着她走了一节路,到了一个十字路口,朋友忽然对她说:“你应该往那边走了。”

“是,谢谢你,”她媚笑地对朋友说,“到我那里去玩玩吗?”

“不,谢谢你,我今晚还有事情。改天去看你罢。”朋友温和地答道,跟她握手告别了。

等那女人走远了时,朋友突然笑着对我说:“她今晚找错主顾了。”

这是一个月夜。天空没有云。在碧海中间,只有一轮圆月和几颗发亮的星。时候是在初冬,但是并不特别冷。

四周只有寥寥的几个行人。我们慢慢地走着,我们仰起头看天空。我们走到了广场上。

忽然一个黑影在我的眼前一晃,一只软弱的手抓住了我的膀子。我吃惊地埋下头看,我旁边站着一个女人。她的哀求的眼光直射到我的脸上。她的脸涂得那样白,嘴唇涂得那样红,但仍然掩不住脸上的皱纹和老态。是一张端正的瘦脸,这样的脸我在街头的卖春妇里面简直没有看见过。她喃喃地说:"先生,为了慈善,为了怜悯,为了救活人命……"她的手抓住我的左膀,她差不多要把身子靠在我的身上。她是一个怎样不熟练的卖春妇啊!

不仅是我呆了,而且连那个颇有本领的朋友也不知道应该怎样对付了。我茫然地站着,听她在喃喃地说:"为了慈善,为了怜悯,为了救活人命……"

天呀!这个女人,论年纪可以做我的母亲,她却在这深夜,在广场上拉我到她家里去。为了慈善,为了怜悯,为了救活人命,我必须跟这个可以做我母亲的女人一起到她家里去。这种事情,读了十几年的书的我,一点也不懂。我以前只是在书本上过日子。我不懂得生活,不懂得世界。我也不懂得马赛的夜。

我不知道应该怎样解决我第一次遇到的这一个难题。然而出乎我意料之外地,她突然跑开了,好像有恶魔在后面追赶她一般。

于是很快地她的瘦弱的背影就在街角消失了。

沉重的皮靴声在我们的后面响起来，接着我听见了男人的咳嗽声。我不知不觉地回头看，原来是一个警察走近了。

我们拔步走了。我起初很庆幸自己过了这个难关，但以后又为这个依旧未解决的新问题而苦恼了。我再一次回头去看那个妇人，却找不到她的影子。

“怎么会有这样多的卖春妇？难道这许多女人除了卖皮肉外就不能生活吗？”我苦恼地问那个朋友。

“我那个旅馆的下女告诉我，半年前她和六个女伴一起到这个城市来，如今那六个女子都做了娼妓。只有她一个人还在苦苦地劳动。她一天忙到晚，打扫那许多房间，洗地板，用硫磺熏臭虫，还要做别的事情，每个月只得到那样少的工钱。她来的时候还很漂亮，现在却变丑了。只有几个月的工夫！你是见过她的。”

不错，我曾经在朋友的旅馆里见过她。她是一个金头发的女子，年纪很轻，身材瘦小。现在的确不怎么好看，而且那双手粗糙得不像女人的手了。

“我想，她有一天也许会在街头拉男人的，”朋友继续说，“这并不是奇怪的事。你不知道在马赛，在巴黎和在别的大都市，连有些作工的女子也会只为了一个过夜的地方，一个温暖的床铺，就去陪陌生男子睡觉吗？我的朋友里面好些人有过这样的经验。也有人因此得了病……那些街头女人大部分都有病，花柳病到处蔓延！……我说，在今天的法国社会里，除了那些贵族夫人和小姐以外，别的女子，有一天都会不得不在街头拉人……花柳病一天一天地蔓延……这就是今天的西方文明了。”最后的两句话是用了更严肃的声音说出来的。

他的嘴又闭上了。我们谁都不想再说一句空话。我们依旧在这条清静的街上慢慢地走着。一些女子的影子又在我的眼前晃，常常有几句短短的话送进我的耳里。女人们在说：“先生，到这里来”，或者“先生，请听我说”。可是方才那个使我苦恼的说“为了慈善，为了怜悯，为了救活人命”的声音却听不见了。

这是一个很好的月夜。马赛的夜。

1932 年

第三辑　英雄三章

马拉的死

一

七月的日子是多雨的巴黎城的好时节。温暖的阳光甚至把那些古老的街道也照得金光灿烂了。一幅蔚蓝的天幕罩在城市的上空,微风时时吹动马路两旁菩提树的绿叶。

在圣翁洛列街的一端慢慢地走着一个五十岁左右的男人。他有一张丑陋的、带病容的瘦脸;一条破旧的头布包着他的乱发。他的侏儒一般的身体被一件脏衬衫裹着,他的腰间束了一根带子,左边插了一把手枪。

这个人昂起头吃力地在街心移动脚步。每一个行人走过他面前都要带笑地招呼他。他也做一个姿势或者发出干涩的声音来回答他们。他有一对老虎眼一样的亮眼睛,眼光却非常温柔。步行人看到这样的眼光都满意地走过去。大家同样高兴地想:“人民的朋友”出来散步了,马拉的病好了!

被称为“人民的朋友”的让·保罗·马拉好些日子因为病重,不曾出席国民大会了。事实上他在前一个月就向国民大会提出了辞职书。然而他不能够安静地躺在家里。他不能不管外面发生的事情。这一天下午他觉得精神好一点,便勉强支持着走出他那间阴暗的住房,到街心来散步。

看见阳光和扰攘的人群,他觉得心上十分轻快,仿佛年纪也轻了些似的。他一生就喜欢阳光和新鲜空气,从没有一个人像他这样地爱它们,因为他得着它们的机会最少。从前他常常被人像野狗一般地追赶,不得不在地窖里面过着没有阳光的日子。后来王室被推翻了,他可以昂起头在巴黎的大街上走路,然而工作的热情抓住了他,他又把自己关在哥德烈街阴暗房屋的最阴暗的一层里面,经营他的报纸《人民的朋友》。他的简陋的家从来不拒绝下层阶级。人们拥挤般地进来告诉他,他们的痛苦和渴望。他们都把他当作朋友,他也没有一次出卖过他们的信仰。然而他的病一天一天地加重了。医生屡次警告他说:“你再这样下去,我就不能够救活你。”他相信医生的话,因为他自己也是大学医科的毕业生。

然而他不能够管束自己。热情控制了他:他忘记了自己,他只看见人民的信任,他只看见伟大的理想。信任和理想打破了他的医学知识,给他夺去了阳光和新鲜空气,而且使他有勇气跟病魔苦苦地战斗了三年,一直到最近,他才感觉到体力逐渐在减弱。除了厉害的皮肤病以外,他的肺又开始烂了。

如今在金色的阳光照耀下,给七月的微风一吹,马拉缓缓地在街上闲走,仿佛病已经好了一样。他抬起头望着晴明的天空,让温和的风抚摩他的脸,他感觉到风在他的脸上拂过,好像把脸上的尘垢都给他扫去了。他喜悦地深深呼吸了几口清新的空气。他惊奇,天空居然是这样地大,这样地清明,这样地美丽。

"吊死他!""吊死他!"有人在前面叫起来,这不是一个人的声音,是许多声音混杂在一起。好几个人嚷着从马拉的身边跑过。

马拉连忙埋下头,看前面。他看见一堆人挤在那里。他并不惊奇,街头的骚动在这些时候是很平常的。他知道一定有什么人给捉住了。他想走过去看看,他对于人民的一切行动都很关心。

他走到发生骚动的地方。他依旧是沉默的,甚至是谦虚的,瘦脸上浮起了笑容。

"马拉!""人民的朋友!""人民的朋友!……"他并不声张,但是有人看见了他的虾蟆嘴和老虎眼,便高兴地叫起来。这些人快活地嚷着，他们和别的公民一样，爱马拉像爱他们最亲密的朋友一样。

人们听说马拉来了，都把注意力移到他的青白色的病脸上，都望着他微笑。他们让开了一条路，他走到街角那家咖啡店门前。在那里跪着一个衣服穿得相当整齐的中年人。

“你们又在干这件傻事情了。”马拉向四周看看，温和地微笑着，好像一个老年人对他溺爱的孩子们说话一样。他走近那个穿黑衣服的中年人的身边，埋下头去看那个人。

“马拉，你看这只狗！我们弄死他！”一个二十几岁的男子粗声骂着，就飞起一只右腿，把破皮鞋在那个中年人的背上踢一脚，哈哈地大笑起来。

那个中年人倒在地上，杀猪也似地哭叫起来。他忽然看见了马拉，便一翻身，跪着移动到马拉的面前，抱住马拉的一只腿，哀求地分辩：

“我不是贵族！我不是！……马拉公民，你救我！……”

这个人的话还没有说完，四周便起了好几种怒骂声。一个人的声音离马拉的耳朵很近，他听得清楚：“我认得他。他是德拉孟男爵家的管事！”

“我不是管事！我是听差！我叫狄孟……”这个叫做狄孟的人

惶恐地大声分辩。他的声音是那样地绝望，脸色是那样地惨白，神情是那样地慌张。

“马拉，不要听他的话，吊死他！”

“吊死他！打倒贵族！打倒贵族的走狗！”

许多人的声音接连地响起来，三四个人伸出手来拖狄孟。狄孟半哀求、半自卫地挣扎着。

马拉望着面前这个生物。的确在他的眼里这只是一个生物。他以为人决不应该是这样懦弱，这样卑下的，而且这个人跪在他面前缩做一团，时而呻吟，时而叫号，恰恰像一只受伤的狗。年纪只有四十多，头发就灰白了，脸上满是皱纹，身材又是那样瘦小。声音也嘶哑了。眼睛浮肿，泪水伴着尘土涂了大半个脸，胡须上黏了好些口沫。

马拉静静地望着这个可怜的生物。他的长久的注视使得四周的公民们感到惊奇了。他们奇怪这个曾经要求过五十万个贵族头颅的人，居然会在一个贵族走狗的面前沉思起来。这一点他们不能够了解。他们只是惊讶地望着他。

马拉突然觉察出来公民们的眼光了。这些时候他并不是在注视面前这个渺小的生物，他在看另外的一些景象。这些景象接连地从他的记忆里浮现出来。九月的屠杀，巴黎的饥饿，外国的围攻，内部的叛变，这几幅图画在他的脑子里特别放大起来，在每一幅图画上面他都看见了自己的面影。他深知道他自己，他永远是现在这样地装束，这样地思想，这样地生活。他永远站在人民的身边，忠实地，固执地。他了解他们，他爱他们。去年九月里布龙斯威克公爵和普鲁士国王向着巴黎进军的时候，他曾经鼓舞人民抵抗外国军队的进攻，他不妥协地在国内跟那些谋叛者与野心家斗争。王室推翻了，吉隆特党打倒了。他的工作从来没有停止过，不管衰弱的身体和时发的疾病常常来妨碍它。他的报纸《人民的朋友》的确是人民的论坛，在那上面就从没有一句话背叛过他们。靠了这个，他才得到了人民的信任。但是他的工作才不过开了头，外国的围攻和内部的叛变如今依旧威胁着共和国，吉隆特党刚刚一跤跌下去，山岳党的野心家就在国民大会里大显伎俩了。塞纳河畔依旧充满着要求面包的声音，外省又在酝酿新的叛变。在共和国的上空依旧覆盖着大片的黑云。共和国正需要他来为它尽力，然而他的身体却一天一天地衰弱下去了。

他停顿了一下。他的思想依旧在那些事情上面跑。他站在这里，带着新病初愈的样子。在外国别人把他比为死神，又把他形容作嗜血的猛兽，法国的贵族们和吉隆特党人都骂他是吃人肉的疯子，他自己全知道，他自己也还记得两三年前他看见人民的英勇牺牲还不能够颠复王权，在一阵绝望的时候曾经高呼过要杀掉大批的贵族。然而去年九月里那个插在枪尖上的郎巴儿公爵夫人的头就使他开始厌恶起血来。那个头跟着枪尖在空中舞动，完全像一个活人的脸，头发梳得很整齐，一滴一滴的血从上面滴落下来。这景象许久都没有离开他的眼睛。他就是马拉，被称为嗜血的猛兽的人，但是他如今在这个狄孟的身上又看见郎巴儿公爵夫人的头，并且因为这个而感到踌躇了。

他知道公民们在等候他的回答，他便掉头看他们，他刚刚张开口，狄孟又抱住他的腿嚷起来了：

"马拉公民，你救我，我不是贵族……怜悯我吧。我是一个没用的听差。共和国不需要我的性命……马拉公民，我知道你，你救过松布烈，你是个仁慈的人……"

马拉怜悯地埋下眼睛看狄孟，这个人依旧卑屈地、恐怖地哀求着，两只血红的眼睛睁得圆圆地望着他，他的心渐渐地软了。狄孟并没有说假话。他的确救过松布烈。这是几个月以前的事。松布烈的十七岁的女儿写信给他，因为她的父亲被错误地逮捕了，她要求他救她父亲的性命。他接到信便考察了案情，然后到约定的地点去。在那里她正含着眼泪等候他。她说过愿意牺牲她的身子救她父亲。但是他拒绝了，却设法放了她父亲出来。这件事情巴黎人民全知道。他自己也觉得并没有做错。松布烈的确是无辜的人,共和国并不需要这种人的血。然而这个狄孟跟松布烈又有什么分别呢？难道共和国真的需要狄孟的血么？他想,血,为什么老是血？这太愚蠢了。在九月屠杀里他就亲眼看见好些人一面喝着血一面跳舞。

"马拉,不要救他！我们来吊死这只狗！"几个人同声嚷着。那个年轻人又去拖狄孟。有几个人就在咖啡店门前围着小圈子,一面跳舞,一面唱起革命歌。

狄孟依旧在地上挣扎,哀求,叫号。他忽然侧过头,脸正迎着马拉的眼光。马拉看见狄孟嘴上的血迹(血还从狄孟的鼻孔里流出来),便把他的倾斜的浓眉一皱,又咬一下他的突出的薄嘴唇,他马上打定了主意。

"我认得他,我认得这个贵族！"马拉张开了虾蟆嘴,轻侮地吐一口痰在狄孟的脸上,说了这句话,他便对着狄孟的屁股踢一脚,然后又骂道:"滚开,这一脚会把你医治好的！"

笑声像春雷一般突然爆发起来,每个人都快活地笑了。

"马拉会医治贵族病！"那个年轻人大声笑着说。

"马拉万岁！""人民的朋友万岁！"人们大声欢呼道。大家叫着,笑着,跳着,以后便围成一个大圈子把马拉圈在里面,大家唱起歌来。狄孟便趁着这机会站起来,偷偷地溜走了。

“明天就是七月十四了,大家快乐地玩罢!”圈子里一个粗壮的声音叫起来。大家响应着。他们唱完了歌,散开来,凑成一对一对的男女,狂欢地跳舞。

“七月十四。”马拉低声念着。他觉得心上一阵轻快,仿佛那座巴斯底监狱就在他的眼前倒塌下来一样,给他除去了一个重压。他看见四周的狂欢的人群,脸上又浮出了亲切的微笑。

“我们法国人毕竟是个奇怪的民族,他们好像不知道有未来似的。”他半责备半赞叹地自语道。但接着他又加一句,“吉隆特党人在加恩的活动不知道怎样了?”他马上就想到未来了,而且正跟他的话相反,他是永远想着未来的。他永远不能够忘掉共和国的安全,他永远不能够忘掉共和国的敌人。

一想到加恩的事情,一想到巴巴霍、毕佐们的活动,马拉便愤怒起来。他恨不得马上回去,给国民大会写信,给他的报纸写文章,攻击那些人,要求那些人的头颅。他觉得一刻也不能耽搁了。事情似乎是很严重的,稍微耽搁就会发生重大的事故。他一急,心就乱了。不管眼前这些公民们的举动怎样使他高兴,他却大声说:“公民们,再见!”

他离开了圣翁洛列街,他的耳边还响着“马拉万岁”的欢呼,但是他并不曾回过头去。

他走入了僻静的街道。他想很快地回到家里去,但是他的脚步却下得更慢了。病和疲倦抓住了他。他的全身发痒,四肢也跟着软了。头微微地痛起来。胸部也好像被什么东西压紧了似的。

“这鬼病又抓住我了!”他咒骂道。

这句话里含着无穷的怨恨。对于病,他是不甘心屈服的。然而医生的警告还威胁地在他的耳边响着。这些生理的反常现象便是一个证据,证明医生所预言的那一天更逼近了。

死。他并不害怕。这许多年来他就在死的威胁下面生活。在他的房间里墙壁上他还写了大大的一个“死”字给自己看。但是在这时候要他闭上眼睛离开法国人民,这个痛苦实在是太大了。这个思想燃起了他心里的火。这样的火熬煎着他的心。在半昏迷的状态中,他的眼睛看得更远了。

在巴黎的僻静的街上他看见了前线的景况。进攻法国的四十万大军,普鲁士、奥大利、西班牙、沙丁尼亚四国君主所统率的,他们把陆地的交通隔断了。在海面上英国的兵船威武地巡逻,封锁了水路。外省又揭起了反叛的旗帜,在巴黎失势的吉隆特党人正在各地活动。这些景象像一把一把的利刀插在马拉的心上。

他勉强支持着,继续地移动脚步。巴黎的景象又接着在他的眼前出现了。饥饿、穷困、血、野心家的斗争……他计算从捣毁巴斯底监狱起也整整有四年了，他们已经付出了很大的代价，共和国至今还没有脱离险境。这时候就有许多人停脚不前，或者甚至往后退了。譬如吉隆特党人，他今天还听见吉隆特党人在外省同王党联络的消息。他想到这里，心痛得更厉害了。于是他的墙上的死字又在他的眼前一现。接着他张开虾蟆嘴诅咒地说：

“断头台！——把他们都送上断头台。”过了半晌他又加了一句，“他们都是野心家。”这句话说得比较费力，这一次提到的“他们”似乎意义更广些。“死是不要紧的。不过我应该死在一个好的机会里。我应该趁活着的时候早早把共和国的障碍除掉。”——最后他安慰自己似地这样想道，他的老虎眼里发出了更锐利的光芒。

二

马拉回到了家，这病后的第一次散步使他的脸色显得更惨白了。他一进门便倒在椅子上，闭着眼睛，半晌说不出话。

他的女伴西孟娜是一个二十七岁的年轻女人。她爱他，她信仰他。从前他被人像野狗一般追赶着、躲在地窖里的时候，她把他接到她的家里，她自己照料他。她用她的财产来支持他的报纸。

她是一个敏感的女人，她随时都感觉到有什么危险在门口等候他。她整日整夜地为他担心。她因为这种焦虑显得有些衰老了。但是马拉并不注意这些事情。他的事业占据了他的整个心。他爱人民，关心人民的幸福。他没有心思注意一个女人的灵魂的一角。

“你太累了！我原说过你今天不应该出去。你也太任性了。”西孟娜对他说，声音虽然很温和，但是里面含着极大的焦虑。

“你也应该听医生的话。共和国不是一天可以建立的。法国需要你的日子还多着呢。不要这样不爱惜地摧残你自己。”她说着话，眼里淌了泪。她起初还轻轻抚摩他的头发（头布已经由她取下来了），后来忍不住跪下去，把头偎着他的胸，把两只手都压在他的左手上面。

马拉伸了右手摸她的头，用温和的眼光看她，叹息似地说：“西孟娜，不要这样。我的身体不要紧。你忘记了我自己也是医生！”

“但是我关心你！对于我，你比十个共和国还宝贵！”她歇斯底里地迸出这两句话来。

马拉知道她流眼泪了。他的心软了，仿佛有一只温柔的手在揉它一样。他叹一口气，慢慢地说：“西孟娜，不要哭，哭是傻事情。你知道我也不愿意死，特别在这种时候。我不愿意离开共和国……西孟娜，你知道我只爱人民，我爱他们，比爱我自己还多些！……我整天梦想着那个共和国，在那里真正实现着自由、平等、博爱……没有吉隆特党人，也没有丹东，没有罗伯斯庇尔……不要说十个共和国，像我们这样的共和国连一个也很可宝贵……明天就是捣毁巴斯底监狱的第四周年。然而四十万外国军队正准备向巴黎进发。外省的叛逆也要打进巴黎来……那么多的背叛者！人民的饥饿，穷困，没有人来管。可恨这鬼病抓住我！你还叫我听医生的话！我好些时候不曾到国民大会去了。他们在那里老是讨论法令，表显辩才，浪费时间！……西孟娜，你想这时候我怎么能够休息？你们最近又不肯多让人到我家里来。我的屋子就像一座坟墓。我再像这样在家里躺下去，我不病死，也会急死……西孟娜，不管我是否已经辞职，我一定要出席国民大会。无论如何我不能够把法国留给他们去支配！我不能够听医生的话！……"他愈说下去，愈兴奋。那张虾蟆嘴动得更厉害，一对老虎眼里快要冒出火。他忍不住咳嗽起来。咳嗽刚刚停止，他又兴奋地说："我一定要到国民大会去！"好像他已经下了决心似的。

西孟娜看惯了这种情形，她明白又是热情在煎熬他了。她不再跟他谈这些事，她知道多谈也没有用处，反而使他更着急。她便抬起头揩了揩眼睛，装出笑容，安慰他几句，甚至答应让他以后出席国民大会。然后她站起来温和地说：

"你歇歇吧。我去给你弄晚饭,你也应该饿了。"

"西孟娜,你不要走。"他连忙做个手势阻止她,他看见她回过头用疑惑的眼光看他,便摇摇头说,"我不饿!我不要吃东西。"他看见她要开口,他知道她要劝他,便接下去说:"我不饿,饥饿的是人民,还有那些小孩。今天有个瘦女孩站在面包店门口淌眼泪,她告诉我她妈妈两天没有吃东西了。每个面包店门前都围着一群小孩……巴黎是这样饥饿!……我也不要吃晚饭……"他的两只眼睛亮得使人害怕,青白色的脸染上了一层病态的红,那只虾蟆嘴大张开喘着气,喉咙响着,仿佛火焰已经从胸膛里冲到了喉管。他全身发痒,便把右手伸进衣服里去用力搔着。

他这个狼狈的情形使得西孟娜的心隐隐地痛起来,但是她极力忍住痛,依旧温和地劝道:

"你不要这么激动罢。这于你的病究竟不相宜。巴黎的饥饿也不是你一个人的错。你为什么就不要吃晚饭?……你看,你身体今天刚刚好一点,现在又不行了。"

他不等她把话说完,便抢着诉苦般地说:"西孟娜,我心里烧得难受!好像整个胸膛都给火烧焦了,全身都起了泡。我只愿意我这个身体为了人民的缘故马上化成灰烬……西孟娜,你帮助我。"他的声音也仿佛被烧焦了。那只右手拼命地在衣服里面乱抓。

西孟娜觉得好像自己的心给人用鞭子抽着。一阵痛，一阵爱怜，使她忍不住又让眼泪淌下来。她不愿意让他看见她的眼泪，她又想起应该给他预备澡盆了。这是他的习惯，为了医治他的皮肤病，他每天晚上都把身子浸在澡盆里面。她便说：

“你不吃东西也好，还是在澡盆里躺躺罢。我去给你预备水。你多在热水里浸一浸，也是好的。”

“好！”马拉短短地答应一声，便让她走出房门。他抬起头望着她的背影，忽然悲愤地发出一声长叹。他并不知道她在外面一边做事一边流泪。

澡盆预备好了，西孟娜进来唤他，又扶他到隔壁小房间去。她照料他躺进了澡盆。

“今晚上闭着眼睛多躺躺罢。不要写东西了。”她关心地说。

“不行。我要给国民大会写信。人民的粮食问题比法令更重要，”他坚决地答道，他的决心似乎是无可动摇的，“还有处置叛逆的事情……”

西孟娜不再说什么，只得照往常那样拿过那块粗糙的木板架在澡盆上面，又去搬了书桌上的文件来，一些信和文稿、笔和墨水都堆在澡盆旁边那个橡木凳子上面。

“你也应该歇歇了。我想你应该吃晚饭了。”马拉感谢地看她一眼,对她微微一笑说。他看见她那红肿的眼睛,便伸出手在她的膀子上轻轻地拍两下,“你待我太好了,我不知道应该怎样感谢你!你去歇歇罢。让我安静地躺一会儿。”他的老虎眼里慢慢地滴下几点泪。他的身子在热水里发烫,仿佛身上每个毛孔里都灌进了热水。他觉得一阵软,一阵痛快,就像麻木了似的。他闭上了眼睛。

西孟娜忍住悲痛说了几句话。她看见他闭上了眼睛,便拿了那幅有好几处墨水迹的破布单替他盖在胸上,然后轻轻地走出了这个房间。

三

马拉睁开了眼睛。天还不曾黑,房里永远是那样地阴暗。他的身子在热水里泡了一些时候,痒痛都止了,人也爽快许多。他轻松地嘘了一口气,推开了胸前的破布单,让它落在地上。他的眼光自然而然地落到澡盆旁边的木盆上面,信件和文稿静静地堆在那里。

没有声音,房里静得如一座坟墓。“巴黎为什么这么静?”他惊讶地想。但是另一个念头马上就来逼他了,“四十万军队不知已经到了什么地方?王党和吉隆特党的阴谋不知进行到怎样了?国民大会这时候不知道在干些什么蠢事情?”

这样一想他又着急起来。他的耳边仿佛响起了人马的声音。王党的旗帜在他的眼前飘动。接着便有许多瘦脸小孩的影子晃来晃去。他们都伸出手来讨面包。于是里昂饥饿者的血又夸张地出现了。这不是远的事情,就在一个多月以前那个地方的饥饿人民起了骚动;吉隆特党人帮助王党恢复了秩序,屠杀了八百多人。

在马拉的敏锐的脑子里思想跑得很快。在这很短的时间,他的思想差不多游历了全国,而且经历了四年来的艰苦的岁月。

进行!进行!无数人的脚步踏着他的脑子。进行!进行!四十万外国兵马在他的脑子里进行着,喊着“国王万岁”的王党军队在他的脑子里进行着。吉隆特党议员率领的叛逆队伍在他的脑子里进行着。他们一致地喊叫:“打倒喝血的疯子马拉!”

“我难道真是一个喝血的疯子?你们诬陷我!我要你们的头!”他愤恨地骂着,他捏紧拳头向空中打去。

进行!进行!无数人的脚步踏着他的脑子。进行!进行!一群瘦脸的孩子在他的脑子里进行着。饥饿人民的队伍在他的脑子里进行着。他们一致地唤着:“马拉!帮助我们!你是我们忠实的朋友!”

“我一定帮助你们!我愿意——”他忘了自己地说了上面的

话，他的老虎眼也软下来，让泪水给打湿了。他的脸上慢慢地浮出了亲切的微笑。

他迟疑了一会儿，忽然下一个决心，捡了一张信纸，拿起笔，他开始给国民大会写信，责备他们的软弱，要他们迅速地接济人民的粮食。

他兴奋地动着笔，把全副精神都放在纸上，他写满了一页信纸，刚要开始写第二张，却听见外面起了吵闹声。他停笔倾听。一个年轻女人的声音送进了他的耳朵。

“我一定要见他，为了共和国的利益……我从加恩给他带来好消息……他答应见我……”

他记起来了：他接过她的一封信。她特地从加恩跑到巴黎来见他，给他带来重要的消息，他的心突然开展了，仿佛有一线光在他的眼前一亮。他想他为什么不应该见她呢？她一定是一个诚实的女公民。而且他正需要知道加恩的消息。

“西孟娜，西孟娜！”他大声叫起来。他要马上见那个女人，他要马上知道那里的消息。

没有人回答他的叫唤。西孟娜正起劲地跟那个女人争吵，不让那个女人见他。但是他非见她不可。他不能让西孟娜把她打发走。

“西孟娜,西孟娜!”他疯狂似地叫起来。这一次西孟娜很快地走进房里来了。

“让她进来!就在这里!”他不等她开口,便命令似地说。他一面拉起布单盖着他的胸膛。

西孟娜似乎不大愿意。她迟疑地望着他,不肯走出去。

“去带她来。我的病不要紧。共和国的利益——”他请求地对她说。她明白了,一切的劝告和阻止都是没有用的。她不再踌躇了,不等他说完就走出去把那个年轻女人带了进来,然后默默地走出去。她走到房门口,还回过头用焦虑的眼光看了看那个女子,于是掩上了门。

房里只剩下马拉和那个女子。他开始用温和的眼光看她。她有着聪明、美丽的面貌,又是一个乡村女子的打扮。白色的衣衫,诺曼底式的软帽,额际束着一根宽边的绿丝带。这一切,尤其是健康色的脸,和一对平静的大眼睛给了他很好的印象。她的确像一个新从加恩来的诚实而勇敢的女子。

“孩子,你过来!”马拉微微一笑,向着她伸出了那只满是斑痕的右膀,“你的名字?”

“哥代,马丽·夏洛蒂·哥代。”她低声回答道。她走到澡盆旁边,两只手垂下来,眼光刚落在马拉的上半身,马上又移开了。

"好,孩子,你坐下,把椅子搬过来。我读过了你那封信。"马拉鼓励地说,把右腕压在木板上。

哥代并不去搬椅子,依旧埋着头站在那里。她的脸色在改变,她害怕会给马拉看见。马拉的嘴一闭,她便接口慢慢地说:

"马拉公民,我是从加恩来的,我知道那些叛逆的消息。我愿意告诉你……"

她的态度虽然不慌张,但是声音有一点颤动,不过马拉不曾注意到这上面来。他的眼光停留在面前那张信纸上他先前刚刚写到"为了共和国的利益……"便打住了。这时他有意无意地拿起笔,一面温和地说:

"好,你详细地说罢。我要感谢你。你说那些叛逆在加恩干些什么事情?究竟有几个议员在那里活动?你举出他们的姓名来。"

"巴巴霍……毕佐……"

"好,让我写下来。"他两只眼睛发亮,连忙抓了一张信纸,埋着头,一面跟着她念,一面写。他高兴地说:

"现在有证据了。"

"柏地翁……陆凡……"

他很快地动着笔,他把注意力完全集中在信纸上。他写一个字就好像里昂人民的血跟着这个字流到纸上来。火焰在他的胸膛里燃烧，他写完那些名字，心里非常激动，他坚决地说：“好吧，一个星期里面我就把他们都送上断头台去！”

他把笔放在一边，又拿起这张名单念了一遍。他念一个名字，仿佛就去掉共和国的一个障碍。他最后把信纸放下，仍然埋着头，感谢地说：

“孩子，谢谢你。你救了加恩的人民——”

他不曾把话说完，一把锋利的小刀便刺进了他的胸膛。那个女子做得这么快，使他来不及防卫。一阵痛，一阵麻木。他倒下去，头垂在澡盆外面，一只手压着木板，一只手垂在澡盆旁边。两只眼睛大大地睁开，望着哥代的脸，仿佛在问：“为什么对我这样做？”他不曾发出一声叫喊，默默地让血从胸膛里冒出来。

房里一阵沉寂。哥代站在澡盆前，惊恐地望着她的牺牲者。她把眼光慢慢地从胸膛移到脸。她才看清楚马拉的脸了。这张脸平静地垂在澡盆边上。嘴微微放开，发出轻微的喘息。衰老憔悴的脸上并没有痛苦和愤怒的表情，仿佛只有感谢的微笑留在那里。这是一个可怜的贫苦老人的脸，跟别人所描写给她听的马拉的脸完全不同。她几乎不相信这是喝血疯子马拉的脸。她的眼光从这张脸又移到旁边木板上一张布满字迹的信纸上。在那里马拉十分关心地描写着巴黎的饥饿……提出救济的办法。虽然只有这一页未完的信,但是字里行间显露出一颗仁爱的心。

她并没有逃走的念头,她痴痴地站在这里,用疑惑的眼光看那张平静的脸。房间渐渐地埋进了阴暗里。从窗户斜射进来的最后的光线不住地往他的脸上堆,像一个柔软的丝网盖着他的脸。一对老虎眼却如明星一般在网下面灿烂地发光。这对眼睛带着一种超人间的力量,把她的眼光吸引住了。她忘记了她刚才所做过的事情。她不转眼地望着他。她的惊恐渐渐地消失了。另一种新的感觉慢慢地在生长。忽然她的身子微微地战抖起来。她觉得她从没有看见过比这更温和、更仁爱、更美丽的脸。

“这个人会给法国带来那些苦恼吗?他会是共和国的毒害吗?”从来不曾有过的思想现在忽然在她的脑子里出现了。这一来她的全部信仰都破碎了。她疑惑起来。她感觉到好像失掉了什么似的空虚。

房里仍然很静。阴暗包围过来。她的身子差不多全埋葬在阴暗里,但是她依旧立着,好像生根在地上一般。她忘记了自己是在什么地方,也忘记了在加恩听来的种种关于马拉的谣言。她只看见星一般的眼睛在闪耀。那一张似幻似真的脸在她的眼前荡漾着,仿佛一轮明月反映在万顷烟波的海上。她忽然有了一种异样的感觉。她的心胸敞开了。她恍然地明白了一切。一个新的人格在她的脑子里现出来了。

“马拉万岁!”“人民的朋友万岁!”不知道从什么地方来了这些叫声,隐约地送进她的耳朵里。声音是那么有力,她完全不能够抗拒。

她不能自主地跪下去,捧着那张还有热气的脸狂吻。

她觉得他的手在动,在推她,好像有一个微弱的声音在她的耳边说:“孩子……我是不要紧的……但是共和国……饥饿的人民……”

他的手又落了下去。他的眼睛闭了,泪珠留在眼角上。于是星光灭了。

“马拉!马拉!”一阵悲痛抓住了哥代,她充满了悔恨地捧着死人的头哭叫。

于是门开了,西孟娜慌张地拿了烛进来。

“凶手!凶手!”一个歇斯底里的女人的恐怖的叫声从房里送到了静寂的街上。

1934 年 5 月在北平

丹东的悲哀

一

“丹东，你应该在国民大会里唤起风暴来！”国民大会的议员加米·德木南放下纸牌，掉过头，望着站在窗前的丹东的背影，猛喝似地说。

另一个议员非里波从牌桌旁站起来接口道：“丹东，你应该把法国再放到你的肩上来。”

佐治·雅克·丹东正靠着窗台看街中的景象，便掉转身子，微微地笑了两声，然后用他那响亮的、但略带疲倦的声音答道：“你们老是嚷着丹东长，丹东短，有什么用处？我现在厌倦了。我不愿意老把法国放在我的肩上。罗伯斯庇尔要干，就让他干下去罢。他不久会后悔的。”他向着他们走去,说到罗伯斯庇尔这个姓,他露出了轻蔑的笑容。他走到牌桌旁边站住,顺手摸起一张牌,冷笑一声:“国王!”便把牌掷在桌上。一对浓黑的眉毛挂在他的脸上,在那里永远是高傲的表情。他安静地走到他的年轻妻子鲁意丝的面前。鲁意丝正在和德木南的妻子露西谈话。他俯下头吻她,温和地说:“鲁意丝,你不是劝我不要到巴黎来吗?我知道你不愿意我管这些事情。”

“我怕——”鲁意丝抬起她的十六岁少女的美丽的脸胆怯地望着他。

“但是今天又落了十几个人头。丹东,你就一点不觉得可怕吗?”德木南红着脸口吃地说,“血会迷了人的眼睛。丹东,法国不能离开你!你应该出来救法国。”

丹东坐在鲁意丝的身边。他的浓眉往上一扬,眼睛发亮。提起法国,他就兴奋起来。他爱法国,他更爱共和国。生性傲慢而好大喜功的他居然相信共和国离开他便不能够存在。过去几年来他的勇敢行为使他取得了人民的信仰,使他过分夸张地相信自己的能力。他说他自己制造了革命。他说八月十日是他推倒了君主政治,九月二日是他发起屠杀,正月二十一日是他杀死路易十六。他便这样地把人民的功绩揽在他一个人的身上。充满了活力的巨大身躯居然负载了这样的重荷，而且使他的影子显得过分地高大了，甚至瞒过了他自己的眼睛。

“救法国?”丹东激动地笑起来，“难道别的人便不能够救法国吗? 罗伯斯庇尔相信他的权力，相信他的断头台。你相信你的宽大。我呢，我要把法国抓在手里，摇撼它，大声唤醒它。但是现在还不是时候。鲁意丝又不愿意我留在巴黎。我现在只要休息。”他说着，不时摇他的庞大的头，就好像狮子在抖动鬃毛，在巴黎，丹东是被人称做“狮子”的。

“但是血流得太多了。”德木南把忧郁的眼光射在丹东的脸上。他痛苦地皱紧了眉头，“我今天亲眼看见十几个人头落在筐子里。”他掉开眼光看他的妻子，露西还在和鲁意丝低声说话。两个女人的脸上都带着焦虑的表情。

丹东大步走到德木南的面前，用肥大的手轻拍他的肩膀，说：“那是无神论者艾贝尔派的头。你不是在报纸上攻击过这一伙极端派，‘疯狂派’吗? 让他们去罢。罗伯斯庇尔不会比你仁慈!”

“那么，你要提防他打你，丹东，”非里波关心地插嘴说，“艾贝尔派以后便是——”

“打我? 罗伯斯庇尔敢?”丹东似乎听见了不中听的话，他轻蔑地耸了耸肩头，连忙打断了非里波的话。他坚决地、充满了过分的自信地说："他不敢！我这个头太重了，没有人敢砍掉它。你们相信谁敢砍掉丹东的头？罗伯斯庇尔没有这个胆量，他不敢！我知道他！"他挥着手，动着身子，他站在牌桌前面，巨大的身体投了一个巨大的影子在桌上，影子在摇曳的蜡烛光里晃动，好像一只狮子在张牙舞爪。

"你不知道罗伯斯庇尔。我知道他，我同他是老朋友。他说得出便做得到，他为了他的主张可以牺牲一切。"德木南严肃地说，他的相貌和声音里都含着忧虑。他看见丹东不注意他的话，依旧不改变轻视罗伯斯庇尔的态度，便失望地在牌桌旁边椅子上坐下来。

"然而你又忘记了你刚才说过的话？法国是不能够离开丹东的！罗伯斯庇尔，他有几个头敢拿来跟我拼！"丹东把两只大手压在牌桌上，愤激地摇动身子。

"打牌罢！你们总是这样热心地谈政治！"女主人马德兰不能忍耐地在旁边嚷道。她说到"政治"这个字眼，便露出可笑的轻蔑的神气。她是一个中年女人，从前是伯爵夫人，革命以后却做了秘密赌场的老板。

丹东俯下头，伸手摸一下马德兰的粉脸，说："马德兰，你有理。你的世界是这么小。在那里面容不下'政治'这个鬼东西。"他坐下来，"好，我们打牌罢。"他把牌聚在一起拿在手里，开玩笑地问："我们拿什么来赌输赢？我赢了你，你今晚陪我睡觉好吗？”

“好！”马德兰含笑地答道，“可是你不见得会赢我。”她又自语似地加了一句：“埃罗为什么还不来？”

“丹东，”非里波着急地插嘴道，“你不觉得——”

“你说什么？”丹东忽然抬起头看非里波。

“你不觉得你的地位危险吗？你应该起来先发制人！”非里波目光炯炯地看丹东，脑子里在想一个进攻的计划。

和非里波的希望正相反，丹东却哈哈地笑起来，他一面和马德兰打纸牌，一面不在意地说：“你太把罗伯斯庇尔看重了。他决不敢动我一根头发。”

“但是，丹东，你能让巴黎长久泡在血海里面吗？”德木南烦躁地在房里踱着，他的苍白脸上现出了痛苦的表情，棕色眼珠不安定地在转动，“这个恐怖制度应该终止了。我们必须要趁这个机会去掉罗伯斯庇尔。”

“而且要做得快，”非里波接口说，“整个山岳党都会拥护你！”

丹东一面听他们说话，一面和马德兰打牌，他忽然大笑说：“马德兰，我赢了！”然后放下牌回答他们道：“你们总是性急！现在还不是时候。你们说山岳党拥护我，你们说军队拥护我，你们说人民拥护我。那么罗伯斯庇尔还敢做什么？”

“艾贝尔不是也曾得到人民的拥护吗？人民的感情是不一定可靠的。加米不就是第一个鼓动起革命的人？可是现在……”非里波愤慨地说。

“艾贝尔？我早就知道他们要倒的，他们走得太远了。我同意加米在报纸上发表的意见。加米，你今天去过刑场，究竟看见什么样的景象？告诉我。”丹东继续在打牌，时时把眼光抬起往非里波和德木南的脸上射，或者看角落里坐的那两个年轻女人，鲁意丝正在对露西谈他们在色佛尔日的生活。

“今天看的人很不少。广场差不多变成了戏院。许多人来看《狄舍纳老爹》的主笔怎样上断头台。但是奇怪，在那里很少看见贫苦的人。我走过几条街，仿佛到处充满了悲哀的气氛。过路的贫民都垂着头不作声，好像真正死了一个好朋友。想不到艾贝尔居然有这样大的魔力。”德木南说话慢，带了点感伤的神情。

“既然人民对艾贝尔的处刑不满意，我们很可以利用这个时机起来活动。”非里波抓住了这一点，连忙说出来，仿佛他对这件事情已经考虑了好久了。

“去掉了艾贝尔，也是好事，我们少了一个阻碍。至于罗伯斯庇尔的事情我再想想看，这一次我们应该谨慎些。”丹东放下牌迟疑地说。

“谨慎？丹东会说出谨慎这个字眼？”德木南把身子斜倚在墙上，嘲笑似地说，“我只听见你说过大胆，永远大胆的话。”

“但是现在我有些厌倦了，我不要学罗伯斯庇尔的坏榜样，”丹东耸了耸肩头，轻蔑地说，“而且我听说有不少的王党和吉隆特党回到巴黎来——”他的话还不曾说完就给马德兰阻止了。

“不要响！有人来了。”马德兰听见脚步声便站起来，打算出去看看。但是人已经进了房间。她高兴地叫道：“埃罗！”

埃罗·德·塞席尔用轻捷的脚步走进来，嘴里哼着爱情歌。他看见众人，便高声嚷道：“你们都在这里！我来得正凑巧。马德兰，我们来打牌，我身上还有钱！”他走到牌桌旁边坐下去。众人都看他。他和德木南的年纪都是三十四，比丹东小一岁，但是看起来他却比丹东年轻得多。他生得漂亮，脸上老是带一种顽皮似的笑容。

“你们在谈什么？”他惊讶地问道，“你们又在谈罗伯斯庇尔吗？见鬼，永远是那张冷冰冰的脸，那些冰冷冷的话。我真恨他恨极了！”他把眉头一皱做一个轻视的歪脸，然后改变了脸色和语调招呼女主人道：“马德兰，快来坐下，我昨晚输给你了，今天要来报仇！”

马德兰笑着过去坐了。

“埃罗，你从什么地方来？有什么好消息？”丹东问道。

“好消息！见鬼！总是罗伯斯庇尔！”埃罗皱着眉头用讽刺的口吻嘲骂道，“我刚才在俱乐部里听了他一篇廉洁的演说。他说那些喝酒赌钱吃得饱饱贪图淫乐的荡子是共和国的大敌，他又说断头机动得太慢了！你们懂得他的意思吗？罗伯斯庇尔要自己穿上围裙拿起扫帚来打扫巴黎了。”

“啊哟！”鲁意丝在屋角发出惊恐的叫声。丹东连忙向她走去。德木南和非里波马上变了脸色。

“埃罗，你说的是真话？”露西睁大眼睛，关心地问道。

“怎么不真？就跟今天砍掉艾贝尔派的头是一样地真实。”埃罗抬起头哂笑道。但是他马上又埋下头去注意手中的纸牌，一面追问马德兰拿什么来押注。

“丹东，你要当心！”非里波着急地警告丹东。丹东不回答。

“我们回色佛尔日去罢，我真怕。”鲁意丝偎着丹东，声音颤抖地说。

“鲁意丝，不要怕，我比罗伯斯庇尔更强，人民会拥护我。”丹东低声安慰她道。

“人民？你还相信人民？”埃罗接口嘲笑道，“艾贝尔也是人民的朋友。人民缺乏面包和日用品的时候，巴黎公社也曾尽力帮助过他们。然而艾贝尔派上断头台,他们只有望着!”

“埃罗,不要谈这件事。我们谈点更愉快的事情不好吗?谈谈酒,女人,梦——”丹东依旧镇静地,甚至带点诙谐地对埃罗说。

“我们回去罢,在巴黎我真怕!”鲁意丝站起来,挽住丹东的膀子,差一点哭出声来了。

“丹东,时间已经急迫了。我们应该先发制人,要结束这个恐怖制度,不管付出任何的代价!明天你就到国民大会——”德木南激昂地说,热情鼓舞着他,他的脸发红,眼睛发光,幻想把他载起走了,载到了较远的地方。

“丹东!”一个声音从外面进来,打断了德木南的话,众人吃惊地齐往门口看,一个四十岁左右面貌严肃的人拄着一根手杖慌张地闯进来,带着满额的汗珠喘息地向丹东走去。

“拉克瓦,什么事情?”德木南惊惶地问道。

拉克瓦一把抓住丹东的手,喘息地说:“我到处找你,你原来在这个地方!你还有心肠在这里取乐!”

丹东毫不惊恐。他依旧镇静地、诙谐地说:“拉克瓦,难道罗伯斯庇尔在后面追赶你的影子?你这么着急!”

“丹东,你真大胆!公安委员会要逮捕你了!”拉克瓦激动地说,脸色白得像一张纸。他的消息来得太突然了。它像一个大铁

槌打在房里每个人的头上,他们半晌叫不出声来。只有鲁意丝接连地低声唤着:

"上帝呀! 上帝呀!"

丹东沉吟了片刻,坚决地吐出了几个字:"他们不敢。"

"他们不敢? 我从公安委员会一个秘书那里得到消息,人家正在考虑你的罪状。命令几天里就会下来。你还是早些准备罢。"拉克瓦恳切地说。

"我不信! 他们绝不敢逮捕我!"丹东依旧充满自信心,坚定地说,"革命裁判所是我创造的。公安委员会是我统治过的。共和国是我造成的。在法国没有人敢逮捕丹东!"他兴奋地摇动他的身子,好像他在对群众演说。

"勇敢!"埃罗在旁边拍掌称赞起来。

"丹东,你暂时离开巴黎也好。"德木南迟疑了半晌,关心地劝道。

"我们回去罢。"鲁意丝偎着丹东害怕地小声说。

丹东的面容还是十分安静,人看不出他心里究竟是否起了波澜。他反而嘲笑地说:"走,我有什么地方好走? 要是法国把我赶了出去,那么别的地方对于我只有更多的危险。人不能够老是把祖国拖在鞋跟后面走。"

“那么你等着公安委员会派人来抓你吗?”拉克瓦绝望地问道。

“我始终相信他们不敢这样做!”丹东变得十分固执,“你问问埃罗,他也是公安委员会的委员。”

“他们要把你牵连在外国人阴谋案里面去。你保护过的法布尔·得格郎丁就会把你断送的。你愿意跟着他上断头台吗?”拉克瓦又急又怕地责备他说。

“那么,你就该马上动手,也许我们还来得及。”德木南想到一个主意,便鼓动丹东道。

“对! 这就是我们的最后一着。丹东,你再发出你的狮子吼来!”非里波接口大声响应道。

埃罗突然把牌往地上一掷,站起来,愤激地自语道:“我到公安委员会查问去! 看谁在捏造丹东的罪状!”他不等众人答话,一个人急急地走了。

众人望着埃罗的背影沉默了片刻,马德兰弯着身子拾起牌,低声抱怨道:“永远是这些讨厌的政治!”

丹东把鲁意丝扶到露西旁边坐下。他又埋着头在房间里踱起来。

“加米,你去找罗伯斯庇尔! 你们是老同学,他又是我们孩子的教父,你去找他。”露西苍白着脸,焦急地对加米说。她的眼里包了眼泪。她太爱加米了。他就是她的生命。但是现在加米的地位也危险了。

“没有用,现在已经迟了。罗伯斯庇尔是不会让步的。极端派刚刚上了断头台！宽大派的轮值就到了。”拉克瓦叹息地摇头说,他仿佛看见一切的路都断绝了。

窗外忽然起了一阵骚动,闹声逐渐增大起来。有人叫着：

“罗伯斯庇尔万岁！廉洁的人万岁！打倒卖国贼!”

德木南一声不响,跑到窗前去看,他不曾听见露西在后面低声唤他。

“‘罗伯斯庇尔万岁!’那些野兽的狂叫!”丹东痛苦地嘲笑说,“巴黎人好像疯狂了。他们不明白自己在嚷些什么。他们给血把眼睛迷住了。”

“埃罗!”德木南忽然掉过头恐怖地叫起来。丹东马上也跑到窗前去。

他来得及看见埃罗的侧面。四个宪兵押起埃罗走,一些人在后面嚷着。

“上帝呀,这成了怎样的世界!”马德兰半悲痛半恐怖地唤着。

“埃罗！我们的轮值马上就会来了!”非里波愤激地说。

丹东把脸压在玻璃上半晌不作声。

“丹东,你现在应该相信我的话罢。”拉克瓦低声说。

丹东悲痛地狂叫一声,然后回转身,绝望地抓自己的头发。他的脸色在这短时间里完全变了。脸上全是黑云,两只眼睛射出红霞从云中透出来。

众人都停止说话,怀着恐怖的感觉望着丹东,不知道他会做出什么样的举动。

“我去找罗伯斯庇尔!”他忽然下了决心坚定地说。

鲁意丝尖声阻止他道:“不要去!”

“你疯了?丹东,你自己去见罗伯斯庇尔?你去向他乞怜吗?”拉克瓦惊讶地问。他劝阻丹东,“你简直是去送死!这不可能!”

丹东冷笑了几声,固执地说:“在丹东,没有什么不可能的事。我要去看看罗伯斯庇尔究竟有多大的胆量,他的脑子里究竟装着什么东西!他要是激怒了我,我便扼死他!”

“你真的一个人去?”露西含着眼泪问道。

丹东掉头看她,他的眼光马上变成柔软的了。他温和地回答道:“我一个人去。我很快就会回来。露西,你给我照应鲁意丝。你们在这里等我。我会给你们带回来胜利的消息……鲁意丝,你等着我罢。”

“你不要走!”鲁意丝站起来,向着他伸出两只手抽泣地唤道。

但是他已经走出房门了。

“我们都给他毁掉了！这个夸大的巨人，才三十五岁，他就已经老了，已经麻木了！”拉克瓦绝望地叹息道。

一点钟以后丹东回到马德兰家里。众人怀着希望在等候他。

“你看见罗伯斯庇尔吗？”露西焦急地问道。

“看见了！”丹东答道。他的脸上堆满了黑云，暗示着风暴快来了。他停了半晌，便切齿地骂道，“这个禽兽真可怕！冷冰冰的，完全不像一个人，只像一副机器，一副杀人的机器。我问他要和平还是要战争，他说要战争。好吧。我来给他证明看究竟谁更有力量！”

“我们马上就发动，我们会得到胜利，人民站在我们这一边！”德木南接着兴奋地说，他听见丹东肯发动，心里倒高兴了，在他的幻想中他仿佛看见无数的人头、无数的手在动，人民欢迎他，就像五年前，在一七八九年七月十二日那样。那个时候他第一次对群众演说，而且产生了很大的影响。

“我决定了！”丹东捏紧拳头用力在牌桌上一击。

“你们不要太乐观了！我看我们并没有把握。”拉克瓦冷冷地说，他马上掉开了头。

“我们回去罢。”鲁意丝的声音像桦树叶一样在丹东的耳边微弱地战抖着。

二

六天白白地过去了。赛纳河平静地没有起一点波涛。

晚上，落着微雨，巴黎在泥水中现出悲哀的样子。夜晚很凉。黑云布满了整个天空。丹东沿着赛纳河走。他的脚步下得很慢，很重。他弯着背。他的心上也堆满了黑云。一种从来没有感到过的疲倦压在他的肩头。一阵冷，一阵麻木控制了他的强壮的身子。

“我完结了！”他绝望地叫出这几个字，像一只受伤垂死的狮子发出了绝望的叫号。在他的一边横卧着赛纳河的流水。在另一边躺着巴黎的大街。空中飘着雨点，一些暗黄色的灯光无力地在雨中颤动。几辆马车慢慢地过去了，溅起一些水花。几个行人持着伞，埋着头匆忙地走过。街上听不见一声快乐的叫唤。巴黎竟然是这么凄凉。

没有人注意丹东。好些人迎面走过他身边，也有人用好奇的眼光看他，但是他们都默默地过去了。没有人认出这个疲倦的男子便是人民所拥戴过的巨人丹东，狮子丹东。他已经被人忘记了。那些曾经热狂地高叫“丹东万岁”的人民已经不认识他了。

这个觉悟是他的致命的打击。他的冷,他的麻木,他的疲倦都是这个打击给他带来的。这便是六天来他奔走的结果。他以前好像把自己关在一个梦境里面,他自封为那个梦境中的皇帝。但是只要六天的工夫,这梦境就给人打碎了。他的权力,他的群众,这一切都跟着他的幻影消灭了。六天以前他曾夸张地对罗伯斯庇尔说,对他的朋友们说:全法国没有人敢动他。但是,事实证明出来他完全是一个无力的人。山岳党的力量大部分在罗伯斯庇尔的手里,另一部分却跟着艾贝尔毁灭了。他说要在国民大会里唤起风暴。但是在国民大会里已经没有人听他的话了。他离开了人民,厌倦了革命,给自己完全解除了武装。如今他要用他的历史来激动法国,统治法国。这完全不可能了。他绝不能够抵抗罗伯斯庇尔。他只有一条路,死——上断头台。这条路是很明显的。他的最后的挣扎已经完全失败了。

不用说,他对这个命运是不能够甘心的。他至今还迷恋着过去的光荣。他曾经在赛纳河畔发出过狮子的吼声,使得全欧洲的君主战栗震恐。甚至在一年以前他还是那么有势力。然而现在这一切都成了历史了。时间的轮子转动得真快,才经过这么短的时间,就不留情地把他抛到深渊里去了。对于这样的变化他始终不能够了解。而且他的沉重的、疲倦的脑子也无法了解了。

一切光荣，一切功绩，一切力量……都完结了。然而他没有了这些便不能够生活。逃走吗？这简直是一个可笑的思想！他，丹东，他能够逃到什么地方去？

完结了。他的最后的挣扎已经失败了。他没有力量，没有群众……共和国不再需要他了。他的头是那么重，他的身子是那么僵硬。他不能够再像狮子那样地叫吼了。一阵冷，一阵疲倦，一阵麻木，他完全失掉了控制自己思想的力量……一个声音在他的身体内叫起来：你已经死了！

雨打湿了他的头，他的脸，他似乎完全不感觉到。他疲倦地沿着赛纳河走，他仿佛精力竭尽似地慢慢移动脚步。绝望咬着他的心。断头台的景象在他的眼前摇晃。在他的脑子里又断续地浮现着过去的光荣。

但是渐渐地，渐渐地这一切都黯淡了。他只顾埋着头吃力地拖动他的脚步。

“丹东勾结了吉隆特党人背叛共和国。”他走到桥头，意外地听见了一个中年人的声音。

“我听说丹东和朋友们整天跟不三不四的贵族女人在一起喝酒打牌，真是荒淫无耻。”这是一个年轻人说的话。

“好些王党和吉隆特党都回到巴黎来了，他们要拥护丹东来一个政变，许多人都这样说。”

“我倒不相信丹东敢发动政变，他现在只知道在女人家里、牌桌上消磨时间了！”

“你不要太大意。你不相信，你等着看罢。过两天丹东就会给送上断头台的。这个大骗子，这个叛贼！”

两个人站在桥头谈话。中年人骂了两句就撇下他的同伴走了。年轻人看见有人走过，也就连忙走开，去追他的同伴。

这些话都进了丹东的耳朵，非常清楚，不曾被他漏掉一个字。好像有许多根针刺在他的心上。但是他很快地就不感到痛了。他想叫吼。然而什么东西阻塞了他的咽喉，他的声音哑了，他的感觉麻木了。

这种侮辱和咒骂也不能够激动他的心，燃起他的愤怒。他不想替他自己辩护了。他只有一个念头：躺下去，在一个安静的地方，忘掉一切。一个声音老是在他的身体内叫着：“你已经是过去的人了。”

雨已经停止了。天空依旧是漆黑的。几只船，几点灯火在水面上动。街上冷静，警察和宪兵来来往往。偶尔有三五成群的男女哼着革命歌走过。

有时一阵风吹过，从嫩绿的树叶上洒下了一些雨点。这一年春天来得早，树木已经开花了。

然而对于丹东，这一切都不存在了。他吃力地拖着他的巨大的身体。一路上只有一个可怕的声音追逼他："你已经死了！"

深夜，丹东回到家里，面色灰白，全身的衣服都给雨打湿了。

"你这时候才回来，人家到处找你都找不到！露西来过，哭着说要去见罗伯斯庇尔。"鲁意丝已经哭肿了眼睛，看见他回来，便半宽心半焦虑地对他说。他只发出几声疲倦的呻吟，就倒在椅子上，让她服侍他换了衣服。

"我们快走吧。人家就要来捉你了。我害怕。我们还是早些走吧。"鲁意丝偎在他的膝前继续哀求道。

他悲哀地望着鲁意丝，过了半晌，才摇着头答道："逃也没有用。我已经早死了，是我自己杀死的。我厌倦了……"他伸手抚摩着她的头，安慰她说："现在要逃走也太迟了。鲁意丝，不要怕，这并不是悲惨的事情，我们每个人都应该为共和国牺牲。罗伯斯庇尔也不是例外。"

"圣母，怜悯我们罢。"鲁意丝抱着他的双腿，伤心地哭起来。在难堪的沉默中这一对夫妇紧紧地偎依着，过了好一会儿。

门开了，进来四个宪兵，把公安委员会的命令递给丹东。

鲁意丝哀痛地抓住他的膀子，偎着他，她知道马上就要跟他分别了。

他毕竟是丹东，在敌人的面前不肯示弱。他镇静地读完了命令，把它揉成了一团，冷笑说："他们居然敢这样。我想不到他们会有这么大的胆量。好，我跟你们走！"

他紧紧地抱着鲁意丝，用力吻她的嘴唇，不要她再哭出声来。然后他低声吩咐了她几句话。

"不要怕，他们会释放我。你去看看露西，不知道他们把她的加米怎样了？还有拉克瓦、非里波，他们一定在卢森堡等我。"他勉强做出笑容说。他又留恋地望了她一眼，于是把心一横，掉开头，勇敢地望着宪兵再说一句，"我们走吧。"这时候他对自己的命运已经没有疑惑了。

一辆马车等在门口。他走下石阶，站在车前，昂起头最后一次看自由的天空。黑云已经散了，在东方天边有一线光亮。微风吹拂着他的头，乱发飘散着，脸上一阵爽快。他深深地呼吸了一口气，便埋下头弯着身子进了马车。

家庭，爱情，友谊，野心，自由，祖国……这一下全完结了。三十五岁的年纪！两匹马拖着车子在去卢森堡监狱的路上飞跑，他坐在车里听着马蹄声和车轮声，从眼角慢慢地滴下了几滴泪珠。

1934 年 6 月在北平

罗伯斯庇尔的秘密

时间已经过了午夜。整个城市静静地睡去了。街灯的微光在窄小的圣翁洛列街上洒了一些暗淡的影子。两旁古老的房屋都关在黑暗里。只有狄卜勒木匠铺的楼上还燃着灯光,一个半身的人影时时在窗帷上摇晃。

一阵脚步声在石子路上单调地响起来,打破了夜的沉寂。一个中年的公民慢慢地走进这条街,用他那破声哼着革命歌。他抬起头来隔着木匠铺的天井,看见对面楼上的人影,他就站住,暗暗地对那个瘦削的人头行一个礼,于是往前面走了,口里低声念着"廉洁的人"这个称呼。

脚步声在静夜里消失了。楼房里却接着发出咳嗽声来。人影又继续在窗帷上摇晃。全巴黎都认识这个瘦削的人头。这个人就是被称为“廉洁的人”马克西米连·罗伯斯庇尔。

罗伯斯庇尔比巴黎晚睡比巴黎早起，这在他已经成为习惯了。他似乎并不需要睡眠，他需要的是思索和工作。这一晚跟平常一样，他闭了房门，在书桌前坐下来，翻阅那些文件，在一些逮捕命令和处刑名单上面签字，答复一些信件，起草一些计划和演讲稿。

他是一个意志坚强的人。他想得到做得出。从受冻挨饿的阿拉斯的穷律师时代起，一直到做了统治共和国的山岳党的领袖，并没有经过几年的工夫。而且他差不多是走着一条直路，从来不曾有过妥协。他一步一步逼近权力，打败了许多同时代的人，终于把权力握在自己的手里，企图用它来建立他的理想的共和国。这几年来，他不曾犹豫过，他不曾胆怯过。他甚至不曾有过懊悔。他的自信力很强，他相信自己真正是严厉的，公正的，不腐败的，如一般人所称呼他那样。

但是最近一些日子里，他觉得自己渐渐地有些改变了。改变究竟是从什么时候起的，他并不知道。他依旧把整个心放在工作上，然而他心上的黑影却一天一天地增大起来，就好像有一种病在袭击他一样。他常常因此感到烦躁。

整个巴黎都知道罗伯斯庇尔是一个严厉的正人君子，不宽恕，不妥协。他的相貌就说明了他的性格。他的瘦脸有一种病态的黄色，脸上永远带着严肃的表情，仿佛他一生就不曾笑过。他有一个扁平的前额，一对深陷的小眼睛，差不多被眼皮遮住了。一根直的小鼻子向上面翘，下面却是一张大嘴，嘴唇薄，下颔却是又短又尖。他跟人见面谈话的时候，锐利的眼光就在人的面部盘旋，而且他脸上的表情也好像集中在某一点上。人们常常有这样一个印象：他是一个意志力坚强到极点的人。

他过着简单、刻苦的生活。他把自己当做一把镰刀，用来刈除法国的恶草。为了这个，他就只梦想一件东西——权力，他甚至把权力加以人格化了。这几年来他从没有停止过斗争，他打倒了吉隆特党，杀了艾贝尔派，毁了丹东派，一个人登上了共和国的最高峰。他现在是全法国势力最大的人，他可以充分地运用他的权力来为共和国服务。

甚至几天前一个下午他还在国民大会里发表了一篇雄辩的演说，整个会场一致地发出“罗伯斯庇尔万岁”的喊声。他又一次得到了巨大的胜利。

然而事实上这个胜利并不能去掉他心上的黑影。恰恰相反，每一次在得到了胜利以后他反而觉得黑影比以前加浓了一些。他不知道这是什么缘故，也不曾把这件事情告诉任何人，甚至他的兄弟。在朋友和敌人的面前，他依旧是严厉无情的正人君子，他利用他面部的特点来表示他的意志力。他甚至想用这个来消灭黑影。他把自己关在书斋里面的时候，他只要望一下书桌上面的逮捕命令和处刑名单，黑影就在他的心上升了起来，渐渐地他的眼前起了黑点，心上的烦躁也突然发作起来。

以前他拿起那些名单和命令，看一遍，就签了名。他知道签一次名，就会把一些人送到断头台上去。他以为这是必需的：敌人的血可以使法国的土地肥腴。甚至在今天他仍然相信：血还流得不够多，必须把那些有罪的人全送到断头台上去。

他已经在二千七百多个人的处刑单上签过名了，这二千七百多个人的生命并不曾引起他的怜悯。但是最近这几个晚上他却不能够顺利地工作下去了。一连几个夜晚，他都把一部分时间花费在沉思和闲踱上面。

他奇怪地想，为什么会有这样的改变呢？难道他的精力衰退了吗？不，他还年轻，不过三十六岁，他有充沛的精力，在许多事情上面他都显出来是一个年富力强的人。那么难道他对于权力失掉了信仰吗？不，他现在把权力紧紧地抱在怀里，就像抱着一个美丽的女人。他比在任何时候都更爱她，她给他带来满足和安慰，他决不能够舍弃她。那么，是什么东西在作怪呢？

他烦躁地在房里踱着。他听见街上逐渐消失的脚步声，这些声音在他的心上不会产生什么影响。他依旧烦躁地移动他的脚步，那脚步是迟缓的，呆板的。他用手托住他的下颔，一对小眼睛不时往书桌上看。

“我应该努力工作。今晚又被我浪费了不少的时间！”他猛省地自语道。他走到书桌前坐下，拿起那管鹅毛笔蘸了墨水，准备在面前一张处刑名单上写下去。

他的眼光落在一个人的姓名上面：

“马利·莱洛——十八岁——卖花女子——住某街——不肯为共和国尽力……”

“断头台！”他低声说，他的眼前出现了那两根杠杆和一把大刀。这是别人安排好了的，只等他签字。他像这样地把人打发到断头台上去，已经不知有若干次了。他认为这是很自然的事情。但是这个晚上这一行字忽然在他的眼前跳起来。

“苏菲·柏格生——寡妇——”

他放下笔，但是马上又拿起来。他用他那单调的、略带尖锐的声音自语道：“这是必需的！这是必需的！为了拯救法国！”他不再看下去，便按住纸，在上面签了字。他把这张名单揭起来放在一边。另一张名单又在他的眼前出现了。

“开恩罢。”他仿佛听见了一个男人的声音。他又呆了一下。

这句话是马利的父亲今天对他说的。他从国民大会出来，那个老头儿拦住他，甚至跪下向他哀求。但是他把那个人赶走了。他，罗伯斯庇尔，是大公无私的，不肯受贿的。他为什么要开恩呢？共和国需要牺牲品。他不能够做一个吝啬的人。

那个老头儿的带泪的瘦脸带着那张突出的嘴仿佛就印在名单上面，一对血红的眼睛哀求地望着他。他恼怒地把笔一掷，责备自己道："我不该软弱！我不要开恩！那是必需的！整个巴黎，整个法国都这样要求着！"他站起来，走到窗前，拉开窗帷往外面看。下面静静地躺着那个阴暗的天井，越过天井就是静寂的巴黎的街道。远远的一些楼房里还有着星子似的灯光，几所高建筑物沉默地耸向黑暗的天空里。在这夜深，巴黎是静寂的。

他站在窗前，他睁大了眼睛往远处看。他的眼前起了雾，一幅图画渐渐地展开了。下面好像就是一个大广场，他仿佛站在阳台上对一大群公民讲话。无数的人头在动，血红的眼睛望着他，口张开在叫，手在挥动，他们在向他哀求什么。他答应要满足他们！

他渐渐地镇静下来。他拉拢窗帷，慢慢地走回到书桌前面。他坐下来，嘴上露出微笑，得意地说："我是不错的！我绝不会犯错误！"

他又拿起笔来，准备在另一张名单上面签字。

“露西·德木南——二十二岁——寡妇……”

这一行字突然打入他的眼睛,他的手微微地战抖起来。他轻轻叫了一声“露西”!鹅毛笔从他的手里落在书桌上。他呆呆地望着面前那张名单。

那个美丽的、天真的金发少女的面孔从他的心底浮上来。他很早就把她埋在心底了。露西,这是他个人生活里的一个美梦。他爱过她,他甚至想同她结婚,然而德木南把她抢走了。这件事情伤了他的心。但是德木南是他的好友,而且他还参加过他们的婚礼。他同这一对夫妇继续地亲密来往。他们的孩子出世的时候,他还做了孩子的教父。他爱那个孩子,他时常把孩子抱在膝上玩。这件事许多人都知道。现在却轮到他来签署露西的处刑单了。

他怀抱着权力,运用着权力,为了法国,他把德木南送上了断头台。他自己也承认德木南是革命的美丽的产儿。但是这个“惯坏了的孩子,被恶伴引坏了”,跟着丹东往后退了,最近还发出那样荒谬的叫嚣。他们想阻止革命。他们要妥协。他们反对恐怖制度。所以共和国必须去掉他们。露西为了援救丈夫曾经几次跑来看他,都被他拒绝了。于是她一个人跑到卢森堡监狱附近鼓动群众救她的丈夫。就为了这个罪名她也被逮捕了。这些事情他都知道。并且这是他最忠实的朋友圣鞠斯特的主意。对于露西的命运，他其实很关心。但是他为了要打倒丹东，他也得去掉德木南，更不得不把露西也牺牲了。

法庭上的情景他也知道。她不是一个政治家。她只是一个年轻的妻子。看起来她不过是一个小姑娘，又漂亮，又温柔，任何人看见都会怜惜她。她究竟做过什么事情呢？她不过想救她的爱人，她的丈夫。此外她并没有做别的事情。在法庭上她很勇敢、很天真地承认了这一切，她说这是她的神圣的义务。她的举动引起了人们的同情。

"够了，这太过分了！"在观审席上发出了这样的叫声。

这个声音仿佛刚刚在他的耳边飘过。他的手又一次微微地战抖了。他倒在椅子上，用手蒙住了脸，他的口里发出来轻微的痛苦的呻吟。

"够了！这太过分了！"他仿佛第一次听见这种不满意的呼声。自然这呼声是很微弱的。但这时候在他的耳里重响起来，就好像一个人，或者就像丹东，站在他的面前跟他争辩一样。

他放下手来。他的眼睛里冒出火。他愤恨地说："够了！这不行。这不过是开始呢！"他不能够忍受。他相信他所做过的一切还是太微弱，还是不够。他把权力抱在怀里，正应该用它来施展他的抱负，实现他的理想。他走的路不会错，他如今不过走在中途。他把他的心血浸润了法国的土地，他相信他会给人们带来幸福，但是竟然有人出来说："够了！这太过分了！"

他相信这是不够的。他应该鼓起勇气来。他应该加倍努力地工作，毫不迟疑地前进，战胜一切的困难。这个思想像一线光亮射进他的脑子里。他俯下头捏起了笔，准备在面前的那张名单上签字。

"露西——"这个名字放大了几倍地映入他的眼帘。他的手又微微地战抖了。

"又是你！"停了半晌他苦恼地说，但是说到你字，他的声音便软了。他的嘴唇上露出了微笑，他仿佛看见那个美丽的姑娘站在他的面前。但是她又突然消灭了。

他的思想渐渐地模糊起来。那张名单已经从他的眼前消失了。慢慢地，慢慢地，那个少女的影子由淡而浓，于是变成了一个具体的女人，就是他的露西，他从前爱过的露西，那个时候她还没有嫁给德木南。

"露西。"他温柔地唤道。她向他伸出了两只手。

"罗伯斯庇尔。"她唤他，她对他微笑。她扑到他的怀里来。

"露西。"他温和地唤她，轻轻抚她的头发。她温柔地微微笑着。

“露西,我等你好久了！你为什么不早来?”

“罗伯斯庇尔,你救救我们罢!”她忽然发出了哀求的声音。

她为什么说这样的话？他惊奇地看她。她带着满脸的眼泪跪在他的面前。她穿的已经不是少女的装束。于是他明白了:这其间又经过了好些年代。他的个人生活里的美梦破灭了。

他失望地放开了手。他不答话,他甚至不看她一眼。他的内心的激斗是很可怕的。

“罗伯斯庇尔,你是他的最好、最老的朋友,你知道他的理想就是你的理想,也就是全法国人的理想,”她开始哀求说,“你应该救他,救我的丈夫。”

他用极大的努力镇压住内心的激斗,他做出冷淡的样子回答道:“不能,不能!”他把头微微摇动。他知道德木南的理想绝不是他的理想,他是前进的,德木南已经后退了。德木南要求仁慈,要求宽容,要求缓和,要求让步。这一切对于法国都是有害的。他相信的是权力,是断头台,是严厉残酷的手段。为了法国他甚至应该把他的最老的朋友去掉!

“罗伯斯庇尔,你想想从前的日子罢。你从前待我那样好。你给我们证婚,你做我们孩子的教父,你是我们最信任的朋友。你不会拒绝我的要求,轻视我的眼泪……你杀了他,就等于杀了我,你忍心把我们两个都杀死吗?"她的声音是那么柔和,那么凄惨,使他的心也变软了。他不敢看她。他害怕看见她的眼泪,害怕听见她的哭声。这使他回想起从前的事情,那些早已被他埋葬了的事情。她没有说一句假话:杀了德木南,就等于杀了她。这太残酷了。他想缓和下来。

但是另一个念头又激动了他:他不应当缓和。德木南主张宽大,跟共和国的敌人混在一起,危害革命,他必须把这个人去掉。他是一个不腐败的公正的人。他不应该顾念到友情,也不应当动怜悯的感情。

"我不能!我不能够答应你!我的决心是不可动摇的。我决不会犯错误!我是法国人民信任的人。凡是阻挠我的工作的都应当上断头台。"他挣扎地说,他好像在跟一个凶恶的仇敌战斗。这个仇敌不是艾贝尔,不是丹东,却是他自己心上的黑影。

"你不能够杀她!罗伯斯庇尔,法国不需要她的血。你不能够杀我的露西,罗伯斯庇尔,宽恕她罢。罗伯斯庇尔,你本来可以做我的女婿的。你也爱过她。而且你也爱他们的孩子,为了孩子的缘故,你也得救回这个无辜的牺牲者。"这一次说话的不是露西,却是露西的母亲,吕普拉西斯夫人。她站在他的面前带着一种交织着悲愤和哀求的表情对他说话。

他又愣了一下，但是他马上就明白又过去了一段时间了。如今不是露西来哀求他援救她的丈夫，却是吕普拉西斯夫人来为露西的生命缓颊了。这个变化倒使他的脑子糊涂起来。

"你不能够杀露西，我知道你不能够杀她！"那个女人进逼似地接着说。她望了望书桌，脸上的表情突然改变了。她憎恨地说："这张处刑单，你真要签字？你，你真忍心杀露西？你好狠！你这个嗜血的猛兽！"她把名单抓在手里，就要撕它。他马上伸出手去抢夺。他把她推倒在地上，夺回了名单。

这一来心上的黑影也被他驱散了。他的勇气突然增加了。他下了决心：那死刑是无可改变的了，杀掉一个露西他不应该胆战。他甚至应该准备牺牲其余的无数的露西。他拿起笔来，就站在桌子跟前，在名单上签了他的名字的第一个字母M。

他放下了笔，他在签名的地方又看见了露西的面孔。

他痛苦地叹了一口气，他的心又缓和下来了。他带了点悔恨地想，他为什么不可以救她？难道她的存在真正会危害共和国吗？难道共和国在吞下了她的丈夫以后，还必须把她也吞下去吗？她不是一个危险的人物。他知道她，他了解她。他应该救她。

"我应该下最后的决心了。"他自语道，略为迟疑一下，便抓起名单，一把揉皱了，他捏在手里，然后轻松地坐在椅子上。面容渐渐地开展了，好像他做过了一件痛快的事情。

过了半晌，他的面容又突然阴暗了。“我怎么啦？我为什么要这样做？”他觉得好像有两种力量在拉他的身体。他在挣扎。那张名单突然变成一大张布告似的文件了。

“为了共和国的利益。”他仿佛看见了这几个字。对于他，共和国的利益就可以拯救一切。他的整个生命都是贡献给共和国的。他为了共和国应该做任何的事情。

“软弱！”他好像听见这一声骂语。他知道这是他心里的话。他不由得吃了一惊。

他从来不曾软弱过。他的胜利都是他的一贯坚决的态度带来的。他能够打倒了吉隆特党，去掉了艾贝尔派，消灭了丹东派，就全因为他不知道软弱，不知道退让，不知道个人的感情。

“你绝不会错。你难道忘记了巴黎人民的要求？他们要的是血，是头颅。你应该满足他们的要求……你不看见别人是怎样灭亡的？……全是因为他们软弱，他们变得仁慈了。连丹东也因此上了断头台。”他自己不断地在警告他。他自己的声音在他的耳里自然是十分响亮，渐渐地驱走了他的迟疑。他的勇气和自信力又恢复了。他觉得自己能够抵抗任何的力量。他差不多骄傲地想起了“廉洁的人”，“不妥协的人”这些伟大的称呼，这证明他自己就是一个不可抗拒的力量。他是得到全巴黎人民拥护的。

他把手里的纸团拉开,摊在桌上,用手把它压平。他把纸上的字仔细地读了一遍。

“我没有缓和的权利。那是全巴黎的人民所要求的,这是共和国的利益所要求的。我不过是一个执行的人!”最后他下了这样的一个决心。他甚至恢复了他的平日的冷酷。

他不再迟疑了。他捏起鹅毛笔,在纸上签了字,然后得意地掷开笔,微微一笑,说:“我胜利了。”

他的声音刚刚静下去,屋子里就起了一个喊声:“打倒暴君。”声音很低,但是一声两声地继续着。

谁在叫?他很奇怪,他知道丹东派就称过他做“暴君”。但是如今谁敢公开地叫出来打倒他呢?他吃惊地往四面看。吕普拉西斯夫人刚刚从地上爬起来,口里还在叫。

他愤怒地站起来,命令地说:“你闭嘴!”

那个女人也站起来,把脸向着他。她并不是吕普拉西斯夫人,却是露西。她的嘴里也叫着:“打倒暴君!”

“你也这样叫?”他惊讶地问。但是他马上想到,露西在监狱里,她不会到这里来。

他再一细看,那个女人并不是露西,却是艾贝尔的妻子,被判决和露西同上断头台的。她也在叫:“打倒暴君!”

许多女人的影子在他的眼前摇晃起来,许多声音都在叫:“打倒暴君!”

他惊慌起来了。他不知道应该怎样做。这些声音包围着他。他想:“我一定疯了!这完全是不可能的!”他极力挣扎。眼前是一片雾。他觉得一阵眼痛,几乎睁不开眼睛。

他跑到窗前,叫声已经消灭了。他的脑子才清醒了一点。

他疲倦地在窗前立了好一会儿。他慢慢地拉开窗帷,把脸靠在玻璃上,静静地望着下面的天井。

天井里很暗。越过天井便是巴黎的街道。街上非常清静。但是在他的眼里渐渐地出现了一个奇怪的景象:无数枯瘦的脸,无数血红的眼睛,无数瘦小的手动着,不停地动着,都向着他。这许多人口里都嚷着,好像在向他要求什么。

他望着这个景象,心里非常感动,他觉得在那些人的身上他找到有力的支持了。他始终是执行他们的愿望的人。他的勇气又渐渐地恢复了。

“断头台是不会停止的。我要执行你们的愿望,用血来灌溉法国的土地。我知道你们要的是头颅!”

他以为这个回答一定使他们满意了。然而群众依旧在下面高声嚷着，毫无满意的表示。他们愈嚷愈厉害，好像他们没有听懂他的话一样。

这些声音他似乎并不十分熟悉。他费力去听。过了好一会儿他才听见了两个字："面包！"

"面包？"他疑惑地念着，好像不懂这是什么意思。

"面包！面包！"各处都响起了这样的叫声，在这些叫声中夹杂着"打倒暴君"的呼喊！

"面包"两个字在他的耳里是十分新奇的。他不能够了解。他们为什么要面包？共和国所需要的明明是权力，是头颅，绝不是面包。他从不曾想到共和国会需要面包。而且他哪里有面包来给他们呢？

"我们需要面包，你却拿人头来喂我们。"在人丛中响起了这样的喊声。

他又惶惑了。一种恐怖的感觉侵袭着他。但是他又争红了脸，用了最后的努力愤怒地争辩道："我是不会错的！我决不会犯错误！"

于是那些人影一刹那间全不见了，他依旧一个人孤寂地站在窗前。在他的耳边还似梦似真地响着"打倒暴君"的声音。

他突然拉拢了窗帷，疯狂地把双手蒙住自己的耳朵，俯倒在窗

台上,口里呻吟着:

“我疯了! 我疯了!”

过了一些日子,罗伯斯庇尔在国民大会里提出了新的法案,并且作了报告,这个法案未经讨论,就一致通过了。这个法案的第一条便是:“法国人民承认最高主宰的存在和灵魂不死。”

1934 年 2 月在北平

图书在版编目（CIP）数据

巴金·域外小说/陈思和编. -上海：上海文艺出版社. 2012. 4
(新文艺·中国现代文学大师读本)
ISBN 978-7-5321-4356-6
Ⅰ.①巴… Ⅱ.①陈… Ⅲ.①小说集-中国-现代
Ⅳ.①I246
中国版本图书馆 CIP 数据核字（2012）第 021387 号

出 品 人：陈 征
责任编辑：李 霞
封面设计：周志武

巴金·域外小说
陈思和 编
上海文艺出版社出版、发行
上海绍兴路 74 号
新华书店经销 苏州文艺印刷厂印刷
开本 787×1092 1/32 印张 7.875 插页 5 字数 131,000
2012 年 4 月第 1 版 2012 年 4 月第 1 次印刷
ISBN 978-7-5321-4356-6/I·3371 定价：23.00 元